Margit Kruse

DUNKLE
GESCHICHTEN
AUS DEM

Ruhrgebiet

Bildnachweis

Margit Kruse, Gelsenkirchen: S. 5,10,15,26, 7,31,34,35,38,40,74,76; Johannes Kruse, Gelsenkirchen: S. 7; Kita Niefeldstraße, Gelsenkirchen: S.14; ISG Institut für Stadtgeschichte, Gelsenkirchen:, S. 19; Hermann Henkel, Gelsenkirchen: S. 23; Herbert Szymczak, Bochum: S. 43,45; Stadtarchiv Krefeld, Der Oberbürgermeister: S. 48; Peter Lengwenings, Krefeld: S.49; Schloss Hohenlimburg g GmbH, Hagen: S. 53,54; Sybille Weber, Essen: S. 56; Ralf Pohl, Gelsenkirchen: S. 59,60; Heribert Reismann – FGG Gelsenkirchen eG, 2014: S. 62; Ines Wilhelm, Gelsenkirchen: S. 65; Sabina Pawlak, Gelsenkirchen: S. 68; Klaus Herzmanatus, Gelsenkirchen: S.70; Brigitte Vollenberg, Gladbeck: S. 78,79

Quellenverzeichnis

Reiterhof: https://www.derwesten.de/staedte/gelsenkirchen/stadt-laesst-reiterhof-in-gelsenkirchen-raeumen-id10725452.html

Fährunglück: Quelle: „Gelsenkirchener Lesebuch"; http://www.buer-erle.de/faehrunglueck1946.htm; http://www.gelsenkirchener-geschichten.de/viewtopic.php?p=143605#143605; https://www.waz.de/staedte/gelsenkirchen-buer/gedenkstein-erinnert-an-faehrunglueck-auf-dem-kanal-id12272413.html

Engel: https://www.dorstenerzeitung.de/Staedte/Schwerte/Diebe-flexen-Bronze-Engel-von-Grab-in-Geisecke-945171.html; https://www.dorstenerzeitung.de/Staedte/Luenen/Mann-zerschmettert-Christusfigur-auf-Luener-Friedhof-945175.html; https://www.dorstenerzeitung.de/Staedte/Haltern/Adler-aus-Bronze-vom-Grab-zweier-Schwestern-gestohlen-1198.html; https://www.waz.de/staedte/bochum/unbekannter-schaendet-kindergrab-und-stiehlt-lego-engel-id210555863.html;

Geisterstadt: http://www.lokalkompass.de/gladbeck/politik/polizeieinsatz-immer-mehr-probleme-mit-der-geisterstadt-schlaegel-und-eisen-d612620.html; https://gesunex.de/geistersiedlung-schlaegel-und-eisen-gladbeck/10543/https://lasrich.net/blog/2013/07/14/schlaegel-und-eisen-siedlung-gladbeck/;

Taschenlampenführung: http://www.schloss-horst.de/das-schloss/

Dunkle Tage: https://www.derwesten.de/staedte/bochum/100-ehemalige-opelaner-treffen-sich-im-bochumer-stadtpark-id12120083.html; http://www.spiegel.de/wirtschaft/unternehmen/werksschliessung-opel-beendet-autoproduktion-in-bochum-a-1006727.html; https://www.stern.de/politik/deutschland/opel-krise-der-aufstand-der-arbeiter-3548916.html

Hotel Seestern: https://www.halternerzeitung.de/Staedte/Haltern/Gespraeche-laufen-wieder-1259275.html

Kumpel mit Hufen: https://www1.wdr.de/stichtag/stichtag5160.html; https://www.ruhrnachrichten.de/Nachrichten/Kumpel-mit-Hufen-Als-Pferde-unter-Tage-halfen-186093.html

1. Auflage 2018

Umschlaggestaltung: r2 | Ravenstein, Verden

Layout und Satz: Schneider Professionell Design, Schlüchtern-Elm

Druck: Druckerei Zimmermann Druck + Verlag GmbH, Balve

Buchbinderische Verarbeitung: Buchbinderei S. R. Büge, Celle

© Wartberg-Verlag GmbH

34281 Gudensberg-Gleichen, Im Wiesental 1

Tel. 0 56 03 - 9 30 50 www.wartberg-verlag.de

ISBN 978-3-8313-2979-3

Inhalt

Fisch mit bitterem Beigeschmack

Mein Blick blieb an dem mit Fett verschmierten Mund meines Gegenübers hängen. Mit gesegnetem Appetit verspeiste der Mann seinen Backfisch mit Kartoffelsalat. Wie alt mochte er sein? 60 Jahre oder gar schon älter? Halbglatze, schuppige Haut, zusammengewachsene Augenbrauen, abgewetzte grüne Wetterjacke. Sah so ein Mörder aus?

Seit einigen Jahren konnte man bei Fisch Hübner in Gelsenkirchen-Hassel in einem Pavillonzelt frisch zubereiteten Fisch essen: Backfisch mit Kartoffelsalat oder Bratkartoffeln, Räucherfisch und einiges mehr. Den Fischhandel gab es an dieser Stelle schon seit vielen Jahrzehnten, doch wurden bisher nur die Wochenmärkte beliefert. Nun war das Zelt einmal die Woche ein beliebter Treffpunkt der Hasseler Bürger geworden. Ein Kleinod mitten im Grünen und das in einer Großstadt. Das alte Wohnhaus mit dem tiefgezogenen Dach und die Anbauten, flankiert von alten Bäumen, würden eine prima Krimikulisse abgeben. Das Anwesen wirkte mystisch auf mich, als gehöre es nicht hierher.

Nicht mal einen Steinwurf entfernt wurde am gegenüberliegenden Sportplatz am Abend des 10. Oktober 1979 Erika A. auf ihrem Heimweg von der Arbeit, der durch diese dunkle kleine Straße führte, vergewaltigt und ermordet. Der Täter wurde bis heute nicht gefasst. In der „XY-Aktenzeichen"-Folge vom 8. Februar 1980 wurde der Fall vorgestellt. Allein die sachliche Stimme von Eduard Zimmermann und die Tatsache, dass es sich um ein reales Verbrechen ganz in meiner Nähe handelte, von dem er sprach, bescherte mir eine Gänsehaut. Die junge Frau mit dem dunklen Pagenkopf jobbte in einem Büro in Herne und fuhr nach Dienstschluss mit dem Linienbus bis nach Hassel, entstieg an der Haltestelle „Kraftwerk Valentinstraße" in völliger Dunkelheit dem Fahrzeug und wollte den Rest des Heimwegs zu Fuß antreten. In der heimeligen Wohnung wartete bereits ihr Partner mit dem Abendessen auf sie, wie der Filmbeitrag zeigte. Vergebens.

Gefahndet wurde nach einem jungen unbekannten Mann: 30 Jahre alt, 175 cm groß, mit dunklen Haaren. Ich sehe das Fahndungsfoto noch vor mir. Das hat sich bei mir fest eingeprägt. Der Herr, der mir gegenübersaß, war grauhaarig. Hatte er damals dunkle Haare? Wenn er der Täter war, musste er heute Ende 60 Jahre alt sein. Könnte hinkommen. Jetzt spülte er den Rest Fisch samt Kartoffelsalat mit einem großen Schluck aus einer Flasche Limonade herunter, rülpste laut und schaute mich neugierig an. Rasieren könnte er sich mal.

Ein kalter Schauer lief mir über den Rücken. Was, wenn er tatsächlich der Mörder war? Machte er eine so lange Pause von

Fisch Hübner – Nur wenige Meter entfernt wurde die junge Frau ermordet.

mehreren Jahrzehnten, um irgendwann erneut zuzuschlagen? Was starrte er dauernd durch das kleine Fenster des Zeltes in die Büsche zu seiner Rechten? Hatte er Erika A. damals dort abgelegt? Wo man sie am nächsten Tag mit völlig verdrehten Armen und Beinen halb entkleidet gefunden hatte? Mein Blick suchte die Stelle. Mir hätte der Mut gefehlt, am Abend diese einsame Straße entlangzulaufen. Doch was blieb ihr anderes übrig? Ihre Hilfeschreie wird niemand gehört haben.

Suchte der Mann mir gegenüber unter den Fischessern, die sich freitags hier trafen, sein nächstes Opfer? Hatte er Erika A., die aktive Gewerkschaftlerin, sexuell missbraucht und danach brutal ermordet? Tags zuvor soll sie bereits auf ihrem Heimweg von einem jüngeren Mann belästigt worden sein. Passanten hätten sich jedoch nicht dran gestört, hatten es für ein harmloses Geplänkel gehalten. Warum haben sie der jungen Frau nicht geholfen, einfach mal nachgefragt, ob alles in Ordnung ist?

1984 wurde in Münster eine junge Frau von einem Mann aus Gelsenkirchen brutal vergewaltigt. Sie überlebte schwer verletzt. War dieser Mann vielleicht der Mörder von Erika A. gewesen? Gab es Parallelen? Wieso war die Polizei damals den Spuren nicht nachgegangen? Oder waren das nur Gerüchte?

Der Mann mir gegenüber rülpste schon wieder und holte mich aus meinen Tagträumen zurück. Nun zog er den Rotz seiner dominanten Nase hoch und verließ grußlos den Pavillon. Der Mann, nach dem damals gefahndet wurde, hatte eine große Nase. Ging meine Fantasie mal wieder mit mir durch?

Ein wirres Stimmengewirr, Gelächter und Gehuste brachte Leben ins Zelt. Niemand von ihnen dachte mehr an Erika A., dessen war ich mir sicher.

Der Platz mir gegenüber wurde schnell wieder besetzt. Ein Teller mit Bratrollmöpsen und Bratkartoffeln wurde auf den Tisch

So sieht es am Leichenfundort heute aus.

gestellt. Ein älterer Herr setzte sich, nachdem er höflich gegrüßt und gefragt hatte, ob dieser Platz noch frei wäre. Wieder ein Witwer, der keine kochende Frau zu Hause hatte? Er lächelte ein gütiges Vati-Lächeln, war ebenfalls in den Sechzigern und begann mir ein Gespräch aufzuzwingen. Sehr höflich, jedoch arg lästig. Er käme aus Hassel, hätte auf der Zeche Bergmanns-glück gearbeitet und lebe in einem alten Zechenhaus, mit Kohle-ofen beheizt, erzählte der gepflegte Mann mit liebem Blick.
Wieder fiel mir der alte Fall ein. Ich konnte meinen Mund nicht halten, fragte ihn, ob er sich an den Mord an der jungen Frau im Jahre 1979 erinnern könne. Der Rollmops, in den er gerade herzhaft biss, blieb ihm im Halse stecken. Er hustete wie ver-rückt, seine Augen quollen dabei aus den Höhlen. Schluss war es mit der Freundlichkeit. Er hielt den Mund und sein Grinsen

war Geschichte. Vielleicht war er ja der Mörder? Nur, weil er lieb aussah, musste er kein Unschuldslamm sein. Oder wollte er einfach nur nicht daran erinnert werden? Ein komisches Gefühl, dass der Mörder möglicherweise frei herumlief.

„Ja, ja, schlimm war das damals. Ich hatte es schon fast vergessen. Armes Ding. Vielleicht wird sich der Fall ja noch mal aufklären. In irgendeiner Asservatenkammer liegen vielleicht noch ein paar Beweismittel mit den DNA-Spuren des Mörders. Heute sind die ja schon viel weiter." Der Blick des Mannes ging ins Leere. Bestimmt sah er Erika A. vor sich, die er gut gekannt haben will. Würde jemals ans Tageslicht kommen, wer die junge Erika A. umgebracht hat?

Ein verlassener Reiterhof in Gelsenkirchen-Heßler

Ein sonniger Morgen im Mai des Jahres 2015. Ohne Voranmeldung schlugen das Bauordnungs- und das Veterinäramt auf und ließen das weitläufige Gelände räumen. Einstmals ein schmucker Reiterhof mit viel Grün Drumherum, mitten im Ruhrgebiet. Amigo, Amaretto, Beauty, Abendsonne, Flicka, Glücksstern und fünf weitere Pferde mussten ihr Zuhause verlassen, machten große Augen, als sie Hals über Kopf in Anhänger verladen und zu anderen Höfen in der Nähe gebracht wurden. Die beiden Ziegen meckerten laut, als sie verfrachtet wurden, um einer ungewissen Zukunft entgegenzufahren. Gut, dass die vielen Kinder, die auf den Pferden geritten waren und mit den Ziegen gespielt hatten, es nicht mit ansehen mussten, da sie zu der Zeit in der Schule waren. Der Pächter des Reiterhofs war völlig perplex, mit diesem überraschenden Besuch hatte er nicht gerechnet.

Das Bauordnungsamt hatte eine Woche zuvor bei einem Ortstermin „Gefahr für Leib und Leben" festgestellt. Gleich an mehreren Gebäuden drohten Teile des Daches einzustürzen oder sich Dachpfannen zu lösen. Wegen der spielenden Kinder, die in der Scheune übernachteten und der häufig durchgeführten Grillabende, war die Gefahr zu groß. Gäste konnten und durften nicht mehr geduldet werden. Die öffentliche Nutzung, so die Bauaufsicht, sei illegal und längst untersagt worden, was der Pächter bestritt. Tatsächlich konnte man viel Flickwerk auf dem Hof sehen. Schiefe Mauern und Wände, marode Dächer und Pfannen.

Der Pächter und Tierbesitzer wollte davon nichts wissen. Er beschwerte sich, dass ihm die Räumung nicht schriftlich mitgeteilt worden war. Von einer Nutzungsuntersagung wisse er nichts. Es stellt sich heraus, dass seine Ex-Frau solch ein Schreiben bekommen hatte, er als Pächter jedoch nicht. Der Pächter gab an, nur die Ställe, die Scheune und die Außenanlagen, wie Koppeln, für sein Hobby genutzt zu haben. Er kündigte an, gerichtlich gegen die Stadt vorzugehen. Der Eigentümer war ebenfalls erbost und wies darauf hin, dass es sein Besitz sei und dass es besser gewesen wäre, wenn man auch ihn vorher über diese Maßnahme unterrichtet hätte.

Die Wohngebäude waren zu dem Zeitpunkt schon nicht mehr dauerhaft bewohnt. Altautos, Sperrmüll und viel Gerümpel unterstrichen den desolaten Zustand der Anlage. Für die Angestellten der Stadtverwaltung war es unbegreiflich, dass in diesen Scheunen Kinder im Heu übernachteten. Verrostete und verbogene Träger und Balken gaben das Bild eines Kartenhauses kurz vor dem Einsturz wieder.

Alle Zugänge wurden nach der Räumung mit Ketten, Schlössern und Riegeln versperrt. Jeder durfte seine persönliche Habe aus den Räumen holen. Und das war es dann. Hatten Amigo, Amaretto und Co. Glück gehabt, dass ihnen nichts passiert war? Sicherlich haben sie sich schnell in ihrem neuen Zuhause eingelebt und auch dort Kinder gefunden, die gerne ihre Pflege übernahmen.

Drei Jahre später war der Reiterhof nach wie vor verlassen, niemand hatte Hand angelegt, ihn zu sanieren. Ein düsterer Anblick bot sich den zahlreichen Schaulustigen, die es regelmäßig hierher zog. Die vielen Kinder, die hier einst auf den Rücken der Pferde saßen, sie gepflegt und gehegt hatten, steckten ihre Nasen durch den Zaun. Doch am Tor, an dem ein Betreten-verboten-Schild prangte und vor einem bissigen Hund gewarnt wurde, war Schluss, weiter ging es nicht.

Verlassener Reiterhof in Heßler heute.

Einer, der es dennoch wagte ins Innere des Reiterhofes vor-
zudringen und mit seiner Kamera einiges festzuhalten, war
begeistert über das, was er zu sehen bekam. Auf einer Truhe
im Wohnraum lag ein verstaubtes Buch mit dem Titel „Album
des deutschen Rennsports 1975", auf einem Biedermeier-
tischchen in einer Ecke standen Gläser und Schüsseln, auf
einem Sideboard vollgestaubte, ungeöffnete Wein- und Sekt-
flaschen, wusste er zu berichten. In der Küche lagen vertrock-
nete Kräuter auf dem Tisch neben einem Teller. Ein Kaminofen
in der Ecke erinnerte an wohlige Zeiten. Wie in dem Märchen
„Dornröschen", als wäre alles in einen langen tiefen Schlaf
versunken. Im Treppenhaus bröckelte Putz von den Wänden,
der große Kamin im Esszimmer wartete darauf, dass in ihm
ein Feuer entzündet wurde. Die antiken, ehemals prachtvollen
Möbel waren teilweise marode und total verstaubt. Die Wachs-
tuchtischdecke auf dem Esstisch hatte schon bessere Zeiten
gesehen. Die Sonnenblumen machten einen traurigen und
verblassten Eindruck. Das Kakaopaket war bereits vor Jahren abgelaufen, das Kaffeepulver in der schmucken Dose mit
Sicherheit nicht mehr genießbar. Die Delfter Kacheln an den
Wänden erzeugten einen Hauch von Nostalgie. Wie toll mag
es hier einmal ausgesehen haben, als noch Leben im Haus
war? In der Ecke am Fenster stand ein alter herrschaftlicher
Stuhl mit Blümchenmusterstoff. Auf ihm saß eng beieinander
ein Teddybären-Pärchen und wartete auf die Rückkehr seines
Besitzers. So traurig, ihr Anblick.
Oben in einem der Schlafräume stand ein altes Bild mit Goldrah-
men an der Wand gelehnt. Es zeigte Jesus und eine Schafher-
de. Hatte er auf seine Schäfchen in diesem Haus nicht genug
aufgepasst? Auf einem Tischchen eine aufgeschlagene Zeitung
mit Datum von 1958. In dem Waschraum hatte eine Seife, die

neben einer Nagelbürste lag, eine dicke Pelzschicht angesetzt. Einige Fenster standen offen, die Scheiben waren teilweise herausgebrochen.

Wüst sah es auch in dem Büro aus. Die Aktenschränke standen offen, Ordner an Ordner reihten sich aneinander. Auf dem Schreibtisch ein Wust Papiere, aufgeschlagene Ordner, obenauf ein Taschenrechner. Ein Pin-up-Girl an der Wand fror halb bekleidet vor sich hin. Die Rechenmaschine und die Registrierkasse – nicht mehr die neuesten Modelle. Ein Röhren-TV-Gerät in der Ecke war schon lange nicht eingeschaltet worden.

In den Ställen sah es jedoch besser aus. Die Fensterscheiben noch weitgehend intakt, in allen Boxen lag Heu und große, verpackte Heuballen in der Ecke. In einem Nebenraum wurde kurz vor dem Verlassen offenbar eine Party gefeiert. Leere Bierflaschen, Gläser und Essensreste.

Den Pferden schien es an nichts gefehlt zu haben. Die Ställe vermittelten den Eindruck, als warte man nur darauf, dass die Vierbeiner jeden Moment zurückkommen würden. Eine Kuscheldecke, ordentlich über eine Mauer gelegt. Die Mistgabeln locker an die Wand gelehnt, das Wasser in den Tränken längst verdunstet. Die Halfter und Geschirre hingen geordnet an den Wänden. Nirgendwo Zeichen von Vandalismus, berichtete der Besucher. Alles sei so gewesen, als wäre die Zeit mal eben stehen geblieben. Man spürte die Hoffnung. Hoffnung, dass Amigo, Amaretto und Co. mit den Ziegen im Schlepptau bald wieder einziehen würden. Doch welcher Prinz würde den Reiterhof aus seinem langen Schlaf erwecken? Wieso musste es so weit kommen, war die große Frage, auf die es keine Antwort geben sollte.

Ab in die dunkle Milchkammer!

Inmitten der ehemaligen Zechensiedlung „Bergmannsglück" in Gelsenkirchen-Hassel, umringt von Eichen und Buchen, liegt das villenähnliche, denkmalgeschützte Gebäude. Dieses alte, aber dennoch äußerst stabile Haus, dessen Träger seit 1966 die Stadt Gelsenkirchen ist, verfügt über ein lebendiges Innenleben: Es beherbergt den ersten anerkannten und zertifizierten Bewegungskindergarten der Stadt. Seit dem 8. März 2007 sind Bewegung und Ruhe als Grundbausteine des Lebens das zentrale Konzept für das innovative Erweiterungsgebäude. Bis zu 115 Kinder im Alter von unter einem Jahr bis zur Einschulung tummeln sich in einem Umfeld mit familiärer Atmosphäre.

Vor dem Zweiten Weltkrieg führten ledige Erzieherinnen, die im Hause wohnten und unter dem Dach ihre Zimmer hatten, ein strenges Regime. Absoluter Gehorsam war an der Tagesordnung. Still sitzen und Schlösschen vor dem Mund (der eigene Zeigefinger) waren gängige Erziehungsmittel. Mit einer verblüffenden Gedächtnisleistung konnte eine alte Dame sich genau an Details ihrer Kindergarten-Zeit erinnern: „Ich ging früher in die Gruppe von Fräulein Müller. Wir wurden damals streng nach Konfessionen getrennt, und Fräulein Müller war für uns katholische Kinder zuständig." Daran konnte sich auch Helmut Hubowitz erinnern, der 1930 als Dreijähriger erstmals den Kindergarten an der Niefeldstraße besuchte. „Da bin ich ja", vermerkte er mit einem Lachen, als er ein Foto aus dem Jahr 1932 bestaunte, das in der „Ahnengalerie" des Kindergartens die Wand schmückt. Besonders Charlotte Voß ist von den alten Bildern begeistert. Sie kennt sogar noch einige Namen von Jungen und Mädchen, die mit ihr glückliche Jahre in dem schmucken Kindergarten-Bau verbrachten.

Aber es gab auch dunkle Seiten. Der kleine Detlef B. besuchte von 1953–1956 den Kindergarten in der Niefeldstraße. Eigentlich ein lieber Junge, doch nicht in den Augen seines Erzieherinnen-Fräuleins. Sie nahm Anstoß daran, wenn er mal seine

Eine Kindergruppe der Kita Niefeldstraße im Jahre 1955.

Die Kita Niefeldstraße.

Milch nicht trinken oder sein Brot nicht aufessen wollte. Die Strafe folgte sofort. Man sperrte ihn in die dunkle Milchkammer, die nicht mal über ein Fenster verfügte. Dort musste er stundenlang ausharren und über seine Sünden nachdenken. Aber der Junge war sich keiner Schuld bewusst. Wieso sollte er auch? Er war ein gesundes Kind mit Vorlieben und Abneigungen. Irgendwann ging die Tür auf und er hatte die Chance sich freizukaufen. Zur Freude der Erzieherinnen stellte man ihn auf einen Tisch und ließ ihn zur allgemeinen Belustigung der unverheirateten Frauen „Marina, Marina", den Hit von Rocco Granata, schmettern und dazu tanzen, was er tatsächlich sehr gut beherrschte. Aber selbst das geduldigste Kind hat irgendwann die Pappe auf. Und was machte der kleine Detlef, als er wieder einmal einsam in der Milchkammer, ähnlich wie Michel aus Lönneberga in seinem Schuppen, über seine angeblichen Schandtaten nachdenken sollte? Er stach mit seinen kleinen Fingern die silberne Folie der Milchflaschen durch, was zur Folge hatte, dass nicht nur er, sondern auch die Milch am nächsten Tag sauer wurde.

In einem goldenen Nikolausbuch aus damaliger Zeit konnte ich mich über die Strafen in den 50er- und 60er-Jahren informieren: Jungen sollten hart rangenommen werden, wenn sie zu sehr getobt hatten und dabei ins Schwitzen kamen. Wenn ein kleiner Junge glaubte, schon ein Mann zu sein und zu Hause Barttrunk (=Malzbier) zu sich nahm, folgte der Rat, ihn sich mal ordentlich vorzunehmen. Spielte ein Mädchen mit Jungenspielzeug, war das verdächtig und musste streng beobachtet werden. Glastüren durften auf keinen Fall angefasst werden, ebenso wenig durfte unnützes Zeug die kleinen Münder verlassen. Alles wurde fein protokolliert, kam bei der Nikolausfeier auf den Tisch und man nahm sich die entsprechenden Kinder vor.

Da kann man froh sein, dass die Zeiten sich geändert haben und die Kinder heute spielen, reden und toben dürfen. Die Geschichte des kleinen Detlef und seine Rache bleiben für Einige unvergessen.

Fährunglück auf dem Kanal 1946

Um ein weiteres Vordringen der Alliierten zu verhindern, sprengte die zurückweichende Wehrmacht am Ende des Zweiten Weltkriegs alle Brücken über dem Rhein-Herne-Kanal im Gelsenkirchener Stadtgebiet. Ab dem 28. März 1945 waren sämtliche Verbindungsstraßen nicht mehr passierbar. Deswegen wurde Anfang 1946 ein Fährbetrieb eingerichtet. Die aus zwei ehemaligen Pionier-Behelfspontons gezogene und geführte Fähre fasste 80 Personen.

Wie ein Lauffeuer verbreitete sich am Sonntag dem 7. April 1946 in Gelsenkirchen die Kunde von einem entsetzlichen Unglück. Die Kanalfähre an der Münsterstraße in Bismarck war umgekippt, hatte zahlreiche Passagiere ins Wasser gedrückt und unter sich begraben. Bis zum Eintritt der Dämmerung konnten zwei Kinder, fünf Frauen und dreizehn Männer nur noch tot geborgen werden. Am nächsten Tag wurde von den Tauchern ein weiterer Toter entdeckt. In einem Zeitungsartikel beschrieb der damalige Fährmann Karl May rückschauend die Ereignisse:

„Auf dem Wildenbruchplatz war Kirmes und Schalke spielte gegen Erle 08. Wir hatten außergewöhnlich schönes Wetter. Gut 80 Personen mögen auf der Fähre gewesen sein, als sie gegen 14.00 Uhr vom Buerschen Ufer ablegte und ins Schwanken geriet. Es entstand Unruhe. Das Floß kippte zur Seite, alle Fahrgäste stürzten ins Wasser. Das Bedienungspersonal versuchte zu retten, was zu retten war. Doch es gab keine Hilfsmittel. Rettungsringe wurden erst später angeschafft. Das nächste Telefon war auf der Cranger Straße in Erle. Bis die Feuerwehr und die Polizei eintrafen, war es für 21 Männer, Frauen und Kinder zu spät."

Auguste N. war an diesem Nachmittag mit ihrer Freundin Martha S., die in der Altstadt wohnte, verabredet. Martha hatte von einer Verwandten Kleiderstoff bekommen, den sie mit der Freundin teilen wollte. Schon seit Tagen freute sich Auguste auf das Wiedersehen. Als Gegenleistung für den Stoff hatte sie für die Freundin und deren Familie einen Kuchen aus Maismehl gebacken. Ein ordentliches Stück Speck, dass sie als Lohn für Näharbeiten von einer Metzgerei bekommen hatte, befand sich auch in ihrem Korb. Die Zeiten waren schlecht und obwohl der Krieg seit fast einem Jahr vorbei war, war der Aufschwung weit entfernt. Hunger und Verzicht waren an der Tagesordnung.

Mit der Straßenbahn wollte Auguste gegen 13.00 Uhr von der Middelicher Straße losfahren, um die Fähre gegen 13.30 Uhr zu nehmen. Schon den ganzen Morgen quälten Auguste Bauchschmerzen, was sie auf die Aufregung schob. Wieder und wieder suchte sie die Toilette auf, die sich auf halber Treppe im Hausflur befand. Letztendlich fuhr die Straßenbahn vor ihren Augen davon. Weinend stieg sie die Treppen zur Wohnung hinauf und legte sich aufs Sofa. Ihr Ehemann Johann schüttelte nur mit dem Kopf. Er wollte ihr die Bauschmerzen nicht abnehmen, glaubte nicht so recht daran, dass es ihr schlecht ging. Die Freundin würde traurig sein und vergeblich auf sie warten, bemerkte er.

Erst am Abend, als die Familie von dem furchtbaren Unglück erfuhr, ging ihnen allmählich auf, was für ein Glück es war, dass das Treffen der beiden Freundinnen ausgefallen und Auguste zu Hause geblieben war. Johann liefen die Tränen über die Wangen, als er daran dachte, dass seine Auguste um ein Haar ertrunken wäre.

Ebenfalls großes Glück hatten die beiden Schwestern Christel und Eleonore. Als die beiden Mädchen an dem besagten Sonn-

Ein Jahr nach dem Fährunglück fährt die umgebaute Fähre wieder.

tagmorgen am Ufer ankamen, hatten sie es eilig. Sie wollten mit ihrem Onkel zur Osterkirmes auf den Wildenbruchplatz. Weil zu viele Menschen zu schnell auf die Pontons stürmten, kippte die Fähre einfach um. Sie fielen ins Wasser und tauchten mehrmals unter. Schließlich konnten sich die Geschwister über die Steine ans Ufer retten. Sie waren patschnass, wurden ausgezogen und in Decken gepackt.

Zum Unglück selbst wurde kein Schuldiger ermittelt. Der Fährbetrieb wurde nach dem Unglück für etwa drei Wochen eingestellt, bis man die Fähre entsprechend umgebaut hatte. Um die Fähre sicherer zu machen und einem erneuten Unglück entgegenzuwirken, wurden die seitlichen Plattformen entfernt und in der Mitte eine Art schräge Rampe eingebaut, die ein unkontroliertes Zusteigen im Moment des Ablegens verhindern sollte. Die Anzahl der zu befördernden Personen wurde auf 52 begrenzt.

Die glatten Stahlplatten der Plattform wurden mit einem Holzrost versehen.

In einem Artikel der Westdeutschen Zeitung vom 7. April 1966, dem 20. Jahrestag des Unglücks, heißt es, dass sich Retter vom Ufer aus um die Verunglückten bemüht hatten. Etwa 50 Meter neben der An- und Ablegestelle auf der Buerer Seite befand sich das Bootshaus eines Kanu-Vereins (das heute noch dort ist), dessen anwesende Mitglieder sich sofort an der Rettungsaktion beteiligten. Den hilfsbereiten Menschen wurde die am Ufer des Kanals abgelegte Kleidung gestohlen. In kaum vorstellbarer Skrupellosigkeit wurden sogar die Leichen der Opfer „gefleddert".

Zur Erinnerung an die schlimme Tragödie stiftete Steinmetz Konrad Herz im Jahre 2016 einen Gedenkstein, der von Oberbürgermeister Frank Baranowski und Bezirksbürgermeister Wilfried Heidl feierlich eingeweiht wurde.

Engel – Vermittler zwischen Himmel und Erde

Schutzengel

Engel brauchen keine Flügel
Denn sie schweben ohne sie
Über Täler, über Hügel
Ohne große Energie
Engel tragen Gottes Segen
Blicken in dein Herz hinein
Schützen dich auf allen Wegen
Können Fehler auch verzeihn
Engel warnen vor Gefahren
Trösten dich in deiner Not
Bleiben so in allen Jahren
Dein Schutzpatron bis in den Tod
Hermann Henkel

Engel spielen in vielen Kulturen eine wichtige Rolle. Im Judentum, im Islam und im Christentum sind Engel Boten oder Geistwesen, die als Vermittler zwischen Himmel und Erde fungieren. Sie können beschützen und leiten und sie leisten Beistand in einsamen und schwierigen Stunden. Als Grabengel stellen sie eine Verbindung zwischen dem Verstorbenen und seiner Familie her. Auch als Schutz für den Verstorbenen werden die Engel auf Gräbern gesehen. Sie sollen den Toten auf seiner letzten Reise begleiten und behütend ihre Hand über ihn halten. Da ein Grab häufig als Ort für stumme Zwiegespräche mit dem Verstorbenen genutzt wird, kann ein Grabengel als „Ansprechpartner" dienen, denn dem ruhigen, entspannten Gesicht sieht man beim stummen Gespräch gern ins Antlitz. Für Friedhofsbesucher sind sie außerdem hübsch anzusehen.

Schwer nachzuvollziehen, wieso diese tröstenden Grabengel, von denen es auf den Friedhöfen im Ruhrgebiet sicherlich einige Hunderttausend gibt, regelmäßig zerstört oder gestohlen werden.

So sägten unbekannte Täter in Geisecke einen rund 80 Kilogramm schweren imposanten Bronze-Engel von einem Grabmal auf dem evangelischen Friedhof am Buschkampweg. Um die Statue abzutransportieren, knackten die Verbrecher mit einem Bolzenschneider die Tür eines Geräteschuppens, in dem eine Schubkarre stand. Und das während des Tages!

Eine Frau, die ein Nachbargrab besuchte und den Diebstahl bemerkte, berichtete sofort der Polizei davon. Dieser wunderschöne Engel war ein Hingucker für den Gottesacker, fand der Verwalter des Friedhofs. Im Jahre 2009 hatte ein Mann die 9500,- € teure Figur für seine verstorbene Frau aufstellen lassen. „Das ist so akkurat abgeschnitten, das stellt sich jemand in den Garten", war sich der Steinmetz sicher. Die recht auffällige Statue war im Urzustand 1,37 Meter hoch. Als wenn dieser dreiste Diebstahl nicht reichen würde, wurden an dem Tag weitere Figuren von anderen Gräbern gestohlen.

In Bochum schändete ein Unbekannter auf dem Hauptfriedhof ein Kindergrab und stahl ein wichtiges Andenken, einen Lego-Engel. Später verwüstete er sogar einen Teil des Kindergrabes. Familie und Freunde waren fassungslos. „Das braucht man nicht zusätzlich zu seiner Trauer", sagte die Mutter am Grab ihres kleinen Sohnes, der zu Lebzeiten so gerne mit Legosteinen gespielt hatte. Im Alter von zehn Jahren war er im Oktober 2016 gestorben.

Auf dem Friedhof am Amtshaus in Bork stahlen dreiste Diebe nicht nur eine fast 30 cm große Engelsfigur. Ziel der unverschämten Täter waren insgesamt drei Gräber, von denen die Diebe in der Zeit von Freitag bis Mittwoch insgesamt sechs elektrische Grablichter stahlen.

Die Bronze-Skulptur „Pfortenengel" vor der Klosterkirche Marienthal (Hamminkeln) wurde 1939 von dem Winterberger Bildhauer und Maler Eugen Senge-Platten (1890–1972) geschaffen.

Nicht nur Engeln geht es an den Kragen. Auf dem Friedhof in Lünen-Süd befindet sich das Familiengrab der Familie Bock mit einer großen Christusfigur, die einige Angriffe überstanden hat, bevor sie im Sommer 2017 vollends zerstört wurde, vermutlich für immer. Eine Bekannte der Familie war auf dem Friedhof und sah die Menschenansammlung vor dem großen Grab der Familie Bock. Die Christusfigur lag zerschmettert auf dem breiten Weg davor. Mehr als 100 Jahre hatte die Figur an Ort und Stelle gestanden und war nur während des Ersten Weltkriegs zur Sicherheit im Haus untergebracht worden.

Ein Mann, zwischen 30 und 40 Jahre alt, hat die Figur am helllichten Tag aus der Verankerung gerissen, so heißt es. Er hob die Statue über den Kopf und schmiss sie zwei Mal auf den Boden. Eine ältere Dame ging dem Mann nach, verlor ihn aber aus den Augen. Dies war nicht der erste Angriff auf die Christus-Statue. Bereits im Jahre 1996 wurde die Figur herausgerissen und beschädigt. Ein Bildhauer konnte sie restaurieren und verfüllte die Figur, die damit viel schwerer wurde. Über 20 Jahre war Ruhe, bis zum Sommer 2017. Vor einigen Wochen hatten Unbekannte der Figur beide Arme abgeschlagen. Die Arme wurden jedoch wieder angeklebt.

Warum stören solche Täter die Totenruhe? Immerhin, werden sie gefasst, drohen ihnen Geld- oder Freiheitsstrafen. Zur Abschreckung dient es nicht.

Arbeitshelden und Dornröschenschläfer

Das Ruhrgebiet gründet sich auf Kohle: Der heimische Energieträger hat die Region zur Millionenmetropole gemacht und Generationen von Bergleuten Arbeit gegeben. Bis zu 600 000 Menschen arbeiteten in den Hochzeiten in den Zechen der Metropole Ruhr. 2018 ist endgültig Schluss mit dem Bergbau, eine Ära geht zu Ende. Mit der Schließung der Zeche Prosper-Haniel in Bottrop endet die Geschichte des Steinkohle-Bergbaus im Ruhrgebiet. Die Stollen und Flöze, wenn auch verfüllt, werden weiterhin unter uns sein.

Aber nicht nur die Kohlenkrise, die in den Jahren 1957 und 1958 begann, warf dunkle Schatten auf das Ruhrgebiet. Gleich zwei Todesopfer hatte die Zeche Bergmannglück in Gelsenkirchen-Hassel am 8. Oktober 1935 zu beklagen. In der Grube war ein Brand ausgebrochen. Betriebsführer Bäcker und Abteilungssteiger Lorenz eilten mutig direkt zur Brandstelle, um vor Ort die geeigneten Maßnahmen treffen zu können. Die Rettungsmannschaft der Zeche folgte kurz hinter ihnen. Sie verloren die Verbindung zu den beiden Männern. Alles Suchen war erfolglos. Trotz aller Bemühungen konnten sie weder lebend noch tot geborgen werden. Sie fanden ihr Grab tief in der Erde zwischen Kohle und Felsgestein. Tragischerweise musste die Brandstelle vermauert werden, um sie zu sichern. Damit Betriebsführer Bäcker und Abteilungssteiger Lorenz dennoch unvergessen blieben, errichtete das Steinkohlenbergwerk Bergmannsglück für sie inmitten einer grünen Rasenfläche ein schlichtes Denkmal, das auf einer einfachen Tafel die Namen und die Geburtsdaten der beiden Arbeitshelden trägt und die Inschrift: Sie starben in Ausübung ihres Berufes am 8. Oktober 1935 bei Bekämpfung eines Grubenbrandes.

Als Gedenkstein wurde ein alter Findling gewählt, der bis dahin auf dem Platz an der Gräffstraße gestanden hatte. Nun lag er dicht am Wege zum Schacht, den die Arbeiterkameraden täglich passierten. Ständig erinnerte der Stein die Bergleute an das Opfer der beiden Männer und die Gefahren ihres Berufes.

Historisches Gebäude Zeche Bergmannsglück.

Während des Zweiten Weltkrieges, zwischen November 1943 und März 1944, stürzte ein Bomber über der Zeche Bergmannsglück ab. Der Pilot hatte Glück, denn die Bevölkerung half ihm, statt den „Feind" etwa, wie so oft, zu lynchen. Ein alter Zechenkumpel berichtete, dass Anwohner den Absturz beobachteten. Als die Maschine über dem Zechengelände bei den Pferdeställen abschmierte, sollen sich die Söhne des Kutschers zu der Absturzstelle in der Nähe des Picksmühlenteiches begeben haben, um die begehrte Seide vom Fallschirm des Piloten einzuheimsen.

Der Pilot lebte noch und soll nach Wasser verlangt haben. „Water! Water!", soll er gesagt haben. Der Mann war schwer verletzt und wurde ins Marienhospital nach Buer gebracht, wo er seinen Verletzungen erlag. Ein Nachbar bestätigte den Vorfall und fügte

Maschinenhalle Bergmannsglück, das einzige Gebäude, das erhalten blieb.

hinzu, dass die Frauen im Nachhinein Kleider aus feiner Seide getragen hätten. Der Krieg machte erfinderisch.

Im Jahre 1958 sorgte der 26-jährige Bergmann Josef Niedermeier für Aufsehen. Ein bizarrer Fall, das jedenfalls versicherten alte Kumpel, die sich in den Pütts auskannten.

Der Bergmann Niedermeier wurde von der Zechenleitung entlassen, weil er zu den Bummelanten gehörte. Er ging mit seinen Papieren in der Hand nicht etwa nach Hause, sondern zog seine Bergmannskluft wieder an und fuhr in den Schacht ein. Als man in der Waschkaue Niedermeiers Zivilkleidung fand, wurde der Zechenleitung klar, dass er noch in der Grube sein müsste. Ein Suchkommando fuhr ein, konnte Niedermeier jedoch nicht finden.

Halb verhungert und verdurstet wurde Niedermeier auf der fünften Sohle seiner Zeche in 600 Meter Tiefe unter Tage am Förderband gefunden. Nach fünf Tagen, die Suche war inzwischen eingestellt worden, stieß ein Wetterkontrolleur zufällig auf den friedlich schlafenden Vermissten. Man brachte den völlig entkräfteten Mann ans Tageslicht und ins Krankenhaus. Nachdem es Niedermeier besser ging, gab er an, dass er keine Ahnung hätte, wie er in die Grube gekommen sei. Auf der Zeche stand man vor einem Rätsel.

1961 wurde die Zeche Bergmannsglück aus der Förderung genommen und lediglich als Außenschachtanlage der Zeche Westerholt betrieben. Die historischen Gebäude wurden bis auf ein Fördermaschinenhaus im Jahre 2014 abgerissen.

Die Smorra kommt

Wer war die Smorra und wo lebte sie? Das weiß bis heute keiner so genau. Laut einem Aberglauben aus dem Osten war sie ein Dämon, kam nachts als Nebel durch das Schlüsselloch und wurde im Raum zu einem Geist. Die Geschichte sollte wohl einfach nur bewirken, dass Kinder brav im Bett blieben.

Meine Oma kam aus Ostpreußen und bediente sich der Smorra, mit der sie uns Kindern drohte, damit wir gehorsam waren, wenn sie mal nicht weiterwusste. Ich war im Kindergartenalter, als ich zum ersten Mal mit der Smorra-Drohung konfrontiert wurde. Angst machte sie mir bis dahin nicht, da ich keine Vorstellung hatte, wie sie aussah und auch noch kein Kind gesehen hatte, dass von der Smorra verprügelt oder gar verschleppt worden war. Als ich meinen Vater, der mir oft stundenlag Geschichten aus Ostpreußen erzählte, fragte, meinte er zu wissen, dass eine Smorra ein weiblicher Dämon sei, der sich nachts auf einen setzen und die Luft zum Atmen rauben würde. Die Smorra würde Holzschuhe tragen, einen schwarzen flatterigen Rock und einen alten dunklen Pullover. Auf dem Kopf ein schwarzes Kopftuch. Meine Oma trug auch oft ein dunkles Kopftuch, besonders dann, wenn sie von Kopfschmerzen geplagt wurde. Das war für uns Kinder das Zeichen, sie in Ruhe zu lassen. Vielleicht war Oma selbst eine Smorra?

In Ostpreußen trieb die Smorra ihr Unwesen nachts in den Dörfern. Sie stiftete Unfrieden auf den Dachböden und in den Scheunen. Man konnte sie besänftigen, indem man eine große Pfanne voller Rührei und eine Flasche Bier auf den Dachboden stellte. Am anderen Morgen war alles ratzekahl leer geputzt. Das wusste mein Vater zu erzählen. Voller Spannung riss ich die Augen auf.

Alte Bergleute erzählten, dass die Smorra in einem verfallenen Haus wohnte. Die Bewohner dieses Kottens hätten in Frieden mit ihr gelebt, konnten sogar ihr Aussehen beschreiben, das sich mit den Erzählungen meines Vaters deckte.

Mein bis dahin neutrales Verhältnis zur Smorra sollte sich an einem kalten Wintertag ändern. Ich war ungefähr acht Jahre alt. Meine Oma väterlicherseits war am Nachmittag da gewesen und wusste wieder einmal viele schlimme Geschichten und Halbwahrheiten zu erzählen. Natürlich waren Smorra-Erlebnisse dabei. Sie verängstigten mich.

Mein Vater war zur Mittagsschicht und meine Mutter ließ nach dem Abendessen verlauten, dass sie ihre Mutter besuchen wollte, die einige Häuser weiter in unserer Zechensiedlung wohnte. Mein Bruder und ich hatten Angst davor, abends alleine in der Wohnung zu bleiben. Obwohl wir ja gar nicht alleine waren, wir hatten doch uns. Wir versuchten, die Mutter zum Bleiben zu überreden. Bei diesem Sturm möge sie doch lieber nicht die Wohnung verlassen. Was, wenn sich zum starken Wind noch Schnee gesellen würde, fragte ich sie mit leiser Stimme. Sie grinste nur und holte ihren Wintermantel von der Garderobe. Um zwanzig Uhr sollten wir den Fernseher ausschalten und unsere Betten aufsuchen, was wir brav taten. Ich war, nachdem ich lange Zeit dem Wind, der um unser Haus pfiff, gelauscht hatte, fast eingeschlafen, als mein Bruder vor meinem Bett stand.

„Hast du auch solche Angst? Hörst du das?" Zitternd stand er in seinem braungestreiften Schlafanzug da.

Bis dahin hatte ich keine Furcht, doch nun bekam ich eine Gänsehaut, als ich den Wind hörte, der die Blendläden vor dem Fenster klappern ließ. Ich zog mir die Bettdecke über den Kopf und wartete auf den Sandmann, der einfach nicht kommen wollte. Plötzlich wusste ich, was mein Bruder gehört haben könnte.

Auch hinter dem Torhaus an der Alleestraße trieb die Smorra in der 60er-Jahren ihr Unwesen.

Ein eigenartiges Scharren war durch die Wand zu hören, gefolgt von einem Schaben. So, als würde jemand mit den Fingernägeln versuchen, den Putz herunterzukratzen. Das Geräusch war direkt an meinem Ohr. Dann folgte ein Streichen. Wie wenn mit einem Handfeger an der Wand entlanggefegt wurde. Was war das? War das etwa die Smorra, die durch die Wand ins Zimmer wollte, um mich zu holen? Die Geschichten meiner Oma und die meines Vaters fielen mir ein. Vielleicht gab es die Smorra ja wirklich. Ich hörte nebenan im Zimmer meinen Bruder leise vor sich hin jammern. So eine Memme, dachte ich, war drei Jahre älter und machte sich in die Hose, wenn Mutti mal nicht da war. Schöner Beschützer!

Der Schlaf wollte sich einfach nicht einstellen. Das Kratzen an der Wand wurde lauter und lauter. War da nicht noch zusätzlich ein Fiepen? War die Smorra von Ratten umgeben? Waren die Tiere etwa ihre Gehilfen? Kam die Smorra, weil ich eine schlechte Note in der Rechenarbeit geschrieben hatte? Oder weil ich gestern beim Nachbarn Klingelmännchen gespielt hatte? Dabei machte das doch so einen Spaß. Tränen liefen mir die Wangen herunter und ich sehnte meine Mutter herbei. Irgendwann bevor sie heimkam, fiel ich endlich in einen unruhigen Schlaf.

Am anderen Morgen stellte ich fest, dass die Smorra und die Ratten mich verschont hatten und ich unversehrt war. Beim Frühstück erzählte ich meiner Mutter von den Geräuschen, die ich gestern Abend gehört hatte. Natürlich verpetzte ich meinen Bruder, der ganz lässig am Frühstückstisch saß und von seiner Panik am gestrigen Abend nichts mehr wissen wollte.

Sie schüttelte bloß lachend den Kopf. „Kinder, Kinder! Ihr wisst doch, dass das die Kaninchen im Stall sind, der sich gleich hinter der Schlafzimmerwand befindet. Das hat Papa euch schon so oft erklärt. Er hat sich mehrmals beim Nachbarn beschwert. Habt ihr das vergessen?"

Jetzt fiel es mir wieder ein. „Also, war es nicht die Smorra, die mich holen wollte?"

Meine Mutter seufzte verärgert. „Hat die Oma dich wieder verrückt gemacht? Die soll mal bloß kommen. Der werde ich was erzählen. Die ist selbst eine alte Smorra!" Wütend stand sie vom Stuhl auf, der nach hinten kippte und zu Boden fiel. Von da ab hatte ich erst recht Respekt vor der Smorra. Ob es sie nun gab oder nicht!

Geisterstadt Schlägel & Eisen in Gladbeck-Zweckel

Es ist ein Paradies für Hobbyfotografen, die Lost-Place-Fotografie betreiben. Verfallene Gebäude, die Straßen mit Gittern für Fahrzeuge versperrt, Fenster und Türen in den Erdgeschossen zum größten Teil vernagelt oder zugemauert, die Wände mit Sprüchen und Schimpfworten beschmiert. Nicht wirklich unheimlich, dieser Gang durch die Geisterstadt. Der Qualm aus den langen Schornsteinen des Kraftwerks gleich hinter der Siedlung, der für kurze Zeit auf ihnen thronte wie Sahnehäubchen, um anschließend in den Wolken zu verschwinden, ist ein krasser Gegensatz zu dieser seltsamen Atmosphäre. Müllberge vor den Häusern so weit das Auge reicht. Hier eine alte Polstergarnitur, dort ein Fernseher oder ein PC, Stühle, Tische, Farbeimer.

Schlendert man an einem beliebigen Samstagnachmittag durch die historische Zechensiedlung in Gladbeck-Zweckel, scheint alles ruhig. Nirgendwo ist eine dunkle Gestalt zu sehen. Nachbarn aber berichten von Menschen, die sich unerlaubterweise in den abrissreifen Gebäuden herumtreiben. Zwielichtige Personen, die sich Zugang zu den Häusern verschaffen und von der Polizei vertrieben werden. Die Verbotsschilder werden missachtet, gelegentlich die mit Brettern verschlossenen Türen und Fenster aufgebrochen.

Die Geisterstadt ist ein attraktives Quartier für Menschen, die heimlich agieren und in ihrem Treiben nicht beobachtet werden möchten. Für Kinder ist die alte Zechensiedlung ein einziger großer Abenteuerspielplatz. Wer möchte nicht mal einen Blick ins Innere einer verlassenen Wohnung werfen? Nicht ganz ungefährlich und mancher Neugierige musste den unerlaubten Besuch einer verfallenen Wohnung mit einem gebrochenen Bein oder Arm bezahlen, weil der morsche Holzboden einbrach und

Verlassene Straßen in der Geisterstadt in Gladbeck-Zweckel.

er ein Stockwerk tiefer landete. Im Jahr 2014 war es, als man einen vermeintlich bewusstlosen Mann im Keller eines der gesperrten Abrisshäuser an der Schlägelstraße fand. Als der Rettungsdienst der Feuerwehr um 14.30 Uhr an einem Samstag eintraf, konnte der Notarzt nur noch den Tod des 30-jährigen Gladbeckers feststellen.

Auch Vierbeiner versuchten die Siedlung für sich zu erobern. Im Jahre 2010 hatten sich ungefähr 40 Katzen zu einer richtigen Plage entwickelt. Sie lebten in „freier Wildbahn", verhielten sich auch so und sorgten ungehemmt für reichlich Nachwuchs. Das war für das Umfeld nicht ganz unproblematisch, hörte man von den Anwohnern rund um die Siedlung. Die wilden Katzen stromerten nachts gern außerhalb ihres Siedlungsreviers, trafen auf Höfen und in Vorgärten auf andere, eher zahme Stubentiger, was nicht ohne ohrenbetäubendes Geschrei und „Kloppereien" abging.

Der Tierschutzverein musste eingreifen und Lebendfallen aufstellen. Gemeinsam mit den Anwohnern wurde die „Aktion Bohnekamp" organisiert. Jeden Abend wurden Katzenfallen aufgestellt. Wenn man ganz leise war, konnte man aus einem alten Schuppen im Hinterhof an der Schlägelstraße ein zartes Wimmern hören. Kaum wurde die morsche Tür des Holzverschlags geöffnet, schlug einem bestialischer Gestank entgegen. Es roch nach Exkrementen, Verwesung. Mitarbeiter des Tierschutzvereins Gladbeck holten eine Handvoll Katzenbabys aus dem Schuppen. Alle waren unterernährt, krank, schwach ... Für ein Kätzchen kam jede Hilfe zu spät. Ziel der Aktion war es daher, alle Katzen von einem Tierarzt behandeln zu lassen, zu kastrieren und wenn möglich in eine andere Bleibe zu vermitteln. Auf Reiterhöfen waren die wilden Gesellen gern gesehen, weil sie in den Ställen Mäuse und Ratten jagten.

Die WAZ (Westdeutsche Allgemeine Zeitung) bezeichnet die Geisterstadt als den gruseligsten Ort des Ruhrgebiets. Mehrere Zeitungsartikel behandeln die verlassene und verfallende Zechensiedlung Schlägel und Eisen in Gladbeck-Zweckel. Diese wunderbare alte Zechensiedlung ist fast schon hoffnungslos ver-

Zufahrt zur Geisterstadt durch das Torhaus.

fallen. Ein eher trauriger als gruseliger Anblick. Nirgendwo Anzeichen, dass die Besitzer dieses architektonischen Kleinods das Viertel aus seinem Dornröschenschlummer herausholen werden. Im Jahre 2014 versprach die Eigentümerfirma, die Siedlung zu sanieren, bisher geschah nichts. Weiterhin liegt alles grau in grau. Runtergekommene Häuser, eingeschmissene Fenster. Buchen, Birken und Nadelbäume haben in den Dächern der verfallenen Schuppen Wurzeln geschlagen.

Das Torhaus mit seiner kecken Turmspitze, durch das eine der Zufahrten zur Siedlung führt, kann Geschichten erzählen. Geschichten von glücklichen Sommern, unbeschwerten Kindheitstagen auf der großen Wiese hinter den Häusern, auf der tagsüber gespielt wurde und abends die Zechenkumpel bei einer Flasche Bier und einer Grillwurst zusammensaßen und den Tag ausklingen ließen. „Dort zu wohnen war ein Traum", erinnert sich Klaus-Peter Schwarzin, der in der Siedlung aufgewachsen ist. „Viele Hühner und Enten und sonstige Tiere gab es dort und nicht zu vergessen, diese wunderbare Nachbarschaft. Der große Hinterhof war für uns Kinder ein Paradies." Eine Schande, dieses Stück Ruhrgebietskultur weiter und weiter verkommen zu lassen, da sind sich die ehemaligen Bewohner einig.

Direkt gegenüber der Hofeinfahrt des Torhauses steht ein Haus, in dem wohl in der obersten Wohnung noch jemand zu wohnen scheint. Es ist die einzige Wohnung, wo Gardinen an den Fenstern hängen und die, so scheint es von außen erkennbar, möbliert ist. Zudem gibt es so eine Art Solarlampen am Fenster, die man leuchten sehen kann. In der Wohnung über dem Torbogen haben sich Leute zwei Tage auf die Lauer gelegt, aber niemanden gesehen. Dabei will man Schritte aus einer leeren Wohnung gehört und eine Frau, eine Art Fee, am Fenster gesehen haben. Eine Geisterstadt, in der es spukt?

Eine Taschenlampenführung
auf Schloss Horst

Das Renaissanceschloss Horst ist ein Kleinod mitten in der Großstadt Gelsenkirchen. Es erhebt sich an der Stelle einer 1554 durch Brand schwer beschädigten mittelalterlichen Burg im Besitz des Ministerialadelsgeschlechtes von der Horst, welches von der Burg Horst auf den Ruhrhöhen im heutigen Stadtgebiet Essen stammte.

Wegen seines damals völlig neuartigen architektonischen Konzepts, der beeindruckenden Großzügigkeit seiner regelmäßigen quadratischen Anlage mit mächtigen Ecktürmen sowie der qualitätsvollen Bauskulptur und Ornamentik im Stile der Renaissance, gilt Schloss Horst trotz enormer Bausubstanzverluste durch Verfall und Abbruch im 19. Jahrhundert heute als wichtigster Renaissancebau des Ruhrgebietes. Er ist einer der ältesten und bedeutendsten Renaissancebauten Westfalens. Er beherbergt nicht nur das Standesamt der Stadt Gelsenkirchen sondern u. a. auch das Museum „Leben und Arbeiten im Zeitalter der Renaissance".

Besucher erwartet etwas ganz Besonderes, sie werden nämlich auf die „echte" Schlossbaustelle des Jahres 1565 entführt. Ein Erlebnis-, Lern- und Erfahrungsort, der zum Anfassen, Zuhören, Ansehen, Nachmachen, Entdecken und Verstehen einlädt. Touchscreens, Videoanimationen und zahlreiche technische Effekte sorgen dafür, dass die Besucher viel Spaß haben, staunen und am Schluss ganz überrascht sind, wie viel sie bei ihrem kurzweiligen Rundgang gelernt haben. Mit Kindergeburtstagen wie zur Ritterzeit und einer Schatzsuche werden Kinderproramme angeboten.

Ein Highlight ist die abendliche Taschenlampenführung im Museum. Wer hat noch nie davon geträumt, einmal im Dunkeln durch ein Schloss zu geistern? Die eingeschaltete Taschenlampe

Schloss Horst hat Interessantes zu bieten.

wirft ein ganz eigenes Licht auf Gegenstände, die uns im Alltag so selbstverständlich sind. Unter fachkundiger Führung kann man Schloss Horst neu erkunden, Winkel und Ecken ausleuchten und auf die Suche nach Geistern oder aufgeschreckten Spinnen gehen.

Der Weg zum Dachboden ist viel länger als üblicherweise und hinter jeder Ecke vermutet man einen Verwandten des Bauherrn Rutger von der Horst. Die verwinkelten Ecken im Museum werden zu einer echten Herausforderung. Der Museumspädagoge Wolf-R. Hoffmann möchte den Kindern allerdings nicht wirklich Angst machen. Während der 60-minütigen Führung geht es um Erkenntnisse im Dunkeln, die bei den Kindern eine Sensibilität für Verborgenes schaffen.

Diese Taschenlampenführung wird in der Vorweihnachtszeit jeweils an den Montagen angeboten und für Kinder ab acht Jahren empfohlen. Selbstverständlich dürfen die Eltern bzw. andere Erwachsene ebenfalls teilnehmen.

Als der Himmel nachtblau wurde

Die Autokino-Ära im Berger Feld dauerte 22 Jahre und endete im Jahre 1990. Die an der Ecke Adenauerallee/Willy-Brandt-Allee gelegene Einrichtung bereicherte die Kinolandschaft von damals ungemein. Knallharte Actionstreifen wie „Die verwegenen Sieben" oder „Der Liquidator" liefen. Und im Spätprogramm – auch „Love Lane" genannt – schlüpfrige Filmchen wie „Die Keusche mit den feuchten Lippen", bei denen schon allein der Titel den Puls der Pubertierenden beschleunigte.

Schon von Weitem konnten wir die 20x30 Meter große Leinwand entdecken und freuten uns auf einen spannenden Abend. Sobald sich der Himmel nachtblau färbte, ging es im Berger Feld rund. Die Schlange an der Kasse war lang. Da war die Freude groß, wenn wir einen guten Bekannten hatten, der als Einweiser arbeitete und uns direkt durchwinkte. Wir sparten das Eintrittsgeld und konnten dafür in Speis und Trank investieren.

Wir suchten uns ein schönes Plätzchen, stellten den Heizlüfter ins Auto und klemmten den Lautsprecher an der Scheibe fest. Ein tiefer Seufzer, in die Polster lümmeln und es konnte losgehen. Fein anzuziehen brauchten wir uns nicht. Selbst bei Regen hielten wir durch, der Scheibenwischer störte kaum, so aufregend war ein Besuch im Autokino. DVD-Player, Kabel- und Pay-TV – das waren Fremdworte für uns. Stattdessen gab es zu Hause nur einen Fernseher und die Eltern, die einen völlig anderen Fernsehgeschmack hatten als wir und auch noch das Programm bestimmten. Wir verspürten wenig Lust, Nüsse knabbernd und Limo trinkend mit den Alten im trauten Wohnzimmer abzuhängen. So wurde die Errungenschaft Autokino von jungen Leuten sehr begrüßt.

„Wenn die grüne Lampe brennt, unser Mann vom Service

rennt", hieß der Spruch, der beim Betätigen eines Schalters aus den Lautsprechern schallte. Und da kam er auch schon, der Mann mit der Karre, bei Wind und Wetter, brachte Getränke, Brühwürstchen, Eis und kleine Naschereien direkt bis ans Autofenster. Der Imbiss auf dem Gelände war ebenfalls sehr beliebt und in der Pause gut besucht. Dort gab es Hamburger noch bevor das goldene M sich in Gelsenkirchen niederließ. „Bottroper Schlemmerplatte", Currywurst und Pommes mit Mayo, waren ebenfalls der Hit.

Wenn der Film zu Ende war und alle Autos gleichzeitig gestartet wurden, vergaß so mancher Zuschauer, den eingehängten Lautsprecher vom Fenster zu entfernen. Das schepperte ganz schön. Die Scheibe konnte man vergessen und es wurde ein teurer Kinoabend.

Bau des Autokinos an der Balkenstraße in Gelsenkirchen in den 60er-Jahren.

Es passierte sogar, dass Besucher sich im Kofferraum ins Kino schmuggeln wollten. So lag mal ganz zufällig jemand im Gepäckraum eines VW 1600 Variant. Überhaupt nicht empfehlenswert! Heckmotor, Schlange an der Kasse, heiß, Abgase. Komfortabler war es im Ford Capri 2,3l. Bloß, zu zweit im Kofferraum lag der Wagen hinten ziemlich tief und man wurde an der Kasse wieder weggeschickt. Das war eindeutig Sparen am verkehrten Ende. Oft hatte man den Eindruck, dass ein paar Besucher wenig Interesse an dem Film zeigten. Wichtiger war wohl das, was im Auto passierte.

Einige Bewohner aus dem angrenzenden Stadtteil Sutum versuchten, mit einem Feldstecher einen Blick von ihrem Fenster auf die Leinwand zu erhaschen. Ohne Ton? Langweilig!

Dass auf einer öffentlich einsehbaren Großbildleinwand Sexfilme zu sehen waren, war zur damaligen Zeit eigentlich ein Unding. In lauen Sommernächten war der Andrang auf den Feldern um das Autokino sehr groß. Zuschauer lungerten auf der Böschung am Rande der Anlage und hatten ihren Spaß. Mangels eigenem Auto kamen viele mit dem Fahrrad, das sie irgendwo abstellten und den Wall hinaufkrochen. Ein Mutiger musste über den Zaun klettern und die Lautsprecher laut drehen. Das war nicht ohne, gab es doch einen Wächter mit Schäferhund, der die Boxen im Auge hatte und wieder leise stellte.

Am Wochenende fand auf dem Gelände tagsüber ein Gebrauchtwagenmarkt statt, wo sich so manches Schnäppchen machen ließ. Ein Gegenstück zu dem Gebrauchtwagenmarkt im Essener Autokino, nur eine Nummer kleiner. Der Reiz des Neuen war irgendwann verflogen, die Besucherzahlen entwickelten sich rückläufig, was das Aus für das Autokino bedeutete. So wurde es 1990 geschlossen und abgerissen.

Am 19. März 1991 wurde mit der Uraufführung des Films „Homo Faber" von Volker Schlöndorff das Multiplex-Kino in Gelsenkirchen an der Willy-Brandt-Allee auf dem Gelände des ehemaligen Autokino Berger-Feld eröffnet. Daneben gibt's eine MC-Donald-Filiale, später kam das Café del Sol dazu.

Dunkle Tage für die Bochumer

Die Ansiedlung der Opel-Werke in Bochum galt lange Jahre als Paradebeispiel für den gelungenen Strukturwandel im Kohlenpott. Von der Bergbau- und Stahlstadt zur modernen Autostadt! Das Werk wurde auf früherem Bergbaugrund errichtet, als im Revier das Zechensterben begann. Es beschäftigte nach der Eröffnung 1962 rund 10.000 Menschen – viele davon ehemalige Kumpel. 2014, nach 52 Jahren, war der Traum aus und vorbei.

2004, also 10 Jahre vor der Werksschließung, kam es zum Aufstand der Arbeiter. Angst um ihre Arbeitsplätze trieb sie zu Demonstrationen. Oft traf man sich in der „Trinkhalle Opel-Grill". Diese Gaststätte hatte schon bessere Tage gesehen. Damals, als die Opel-Arbeiter in jeder Pause aus dem Werk stürmten und in der Kneipe auf die Schnelle ein, zwei Pils kippten, um den Flüssigkeitsverlust am Fließband auszugleichen. „Dat kann sich heute keiner mehr erlauben", sagte Josef Ruhnke, ließ den Kronkorken von der Bierpulle ploppen und nahm einen Schluck. „Heute musst du nach der Pause beim Pförtner blasen. Null Prozent Alkohol im Werk." Ruhnke war 24 Jahre Montagearbeiter im Motorenbau und ist inzwischen Rentner. Seitdem kam er öfter in den „Opel-Grill", um mit Kollegen über die alten Zeiten zu schwatzen.

Adam Opel AG, Werk 1, Hochbühne D4, 1988.

Am Tor 1 des Bochumer Opelwerks gab es 2004 nicht nur Kämpfer, sondern auch Zweifler. Ob ein einzelnes Werk einen Krieg gegen einen gigantischen Konzern wie General Motors gewinnen konnte, fragten sich viele in Bochum, seit sie gemerkt hatten, dass die in Rüsselheim, Kaiserslautern und Eisenach nicht den Hammer fallen gelassen hatten. Von Antwerpen und

Gleiwitz ganz zu schweigen. „Jeder stirbt für sich allein." Hinter vorgehaltener Hand hörte man diesen Satz sogar von Betriebs- räten.

Im Dezember 2014 war es so weit. Eine Ära war zu Ende: Im Bochumer Opel-Werk, das früher bis zu 22.000 Menschen be- schäftigt hat, lief nach gut 50 Jahren Fahrzeugproduktion das letzte Auto vom Band. „Das Herz von Opel hat aufgehört zu schlagen", sagte einer der Arbeiter der Nachtschicht. Der Kon- zern schloss das Werk ein Jahr später wegen Überkapazitäten. Der letzte Opel aus Bochum – ein Zafira-Compact-Van – sollte nicht regulär verkauft, sondern für einen sozialen Zweck gestif- tet werden.

Rund 3000 Beschäftigte standen in Bochum vor einer ungewis- sen beruflichen Zukunft. Für die Region war der Opel-Rückzug ein schwerer Schlag. Die Entscheidung sei „sehr bitter" für die direkt Betroffenen und die Stadt, sagte die Bochumer Oberbür- germeisterin Ottilie Scholz (SPD). Der in der Stadt aufgewach- sene Musiker Herbert Grönemeyer zeigte seine Solidarität mit einem Konzert. „Es gibt konkrete Überlegungen, ein Konzert für die Bochumer Opelaner zu spielen oder sie alle einzuladen", sagte der damals 58 Jahre alte Sänger am Rande einer Musik- veranstaltung in Bochum. „Es geht jetzt darum, ihnen Mut zu machen." Und so sind tatsächlich 3500 Opelaner Herbert Grö- nemeyers Einladung gefolgt und haben zusammen mit den fast 30 000 Konzertgästen die Hymne „Bochum" an ihre Heimat ge- sungen.

Für die ausscheidenden Mitarbeiter gab es neben der Trans- fergesellschaft Abfindungen. Insgesamt kostete die Schließung des Werkes das Unternehmen nach unterschiedlichen Rech- nungen von Gewerkschaft und Betriebsrat zwischen 550 und 700 Millionen Euro.

Kadett B, 1971, Opelaner kamen dank der Prozente oft in den Genuss eines neuen Fahrzeugs.

Knapp zwei Jahre später, am 21. August 2016, trafen sich 100 ehemalige Opelaner im Bochumer Stadtpark. Es war wie eine große Beerdigungsfeier, bei der man traurig ist und trotzdem mal scherzt und lacht. Es gab Jobs, die man einfach nur erledigt – und fertig. Oder man war Opelaner. Viele von ihnen haben fast ihr ganzes Arbeitsleben bei dem Autohersteller verbracht. Neben charmanten Oldtimern, die mit viel Liebe instand gehalten wurden, haben viele ihre Familien mitgebracht – denn Opelaner zu sein, das war für viele eine Familienangelegenheit. Zum Beispiel bei Susanne und Heinz Hellmer. Bei einer guten Firma in Hagen habe sein Vater früher gearbeitet, erzählt Heinz Hellmer. Die ging pleite: „Und dann kam Opel", erinnerte er sich. Als er erwachsen war, kam von seinem Vater der Ratschlag: „Lern bei Opel-Werkzeugmacher, dann hast du 'nen töften Job", erzählte Hellmer. Die nächsten 39 Jahre blieb er bei Opel. Bis zum bitteren Ende.

Heinz und Susanne Hellmer standen mit einigen von Heinz'
ehemaligen Arbeitskollegen zwischen den Autos. Ein Blick-
fang: Susannes Handtasche, von ihrem Mann gebastelt aus
einer Opel-Radkappe. „20 Stunden hab ich dafür gebraucht,
und eine Nähmaschine ist kaputtgegangen", sagte Heinz Hellmer schmunzelnd. Seine Frau trug sie fast wie ein Familien-
wappen. Hilmar Born vom Opel-Museum Herne konnte das gut
verstehen: „Die Leute haben dort jahrzehntelang gemeinsam
gearbeitet – das festigt, wie eine Opel-Familie", sagte er. Stol-
ze Opelaner wie Klaus Lissowski, der zu Hause hingebungsvoll
seinen alten Commodore B pflegte, fühlten sich auf dem Treffen
Gleichgesinnter pudelwohl: „Manche Arbeitskollegen habe ich
lange Jahre nicht gesehen", freute er sich.

Aber nicht jeder Besucher beim Opel-Treff war so fröhlich und
einige auch gar nicht mehr begeistert von der alten Heimatfir-
ma: „Ich will mit Opel nix mehr zu tun haben", schimpfte einer.
Lackierer in Bochum sei er gewesen, erzählte er. „Wir wurden
hingehalten und verarscht." Zum Opel-Treffen, wo er alte Freunde und Bekannte traf, war er allerdings trotzdem erschienen. So
ist es nun einmal bei Familientreffen.

Heinz und Susanne Hellmer zum Beispiel erzählten ganz stolz,
dass sie ihren Sohn zum Opelaner gemacht hatten. Und an seinem Opel GT, einem der ersten 500, die überhaupt vom Band
gingen, hing nun mal Heinz' Herz. Trotz des schlechter werden-
den Betriebsklimas zum Ende hin. Trotz des letzten Arbeitsta-
ges, an dem er mit seinem Mitarbeiterausweis nicht mehr ins
Werk gelassen wurde, weil man seine Nummer bereits gelöscht
hatte. „Zum Schluss war das nicht mehr mein Opel." Er blieb
noch etwas länger, sprach mit alten Freunden, und die Sommer-
sonne spiegelte sich auf Susanne Hellmers Handtasche mit der
Opel-Radkappe.

Das traurige Aus des Krefelder Stadtbads

Krefeld, eine Großstadt am Niederrhein, schließt sich südwest-
lich an Duisburg an. Das Krefelder Stadtbad, das 1890 eröffnet
wurde, lockte auch immer Besucher aus dem Ruhrgebiet an.
Im Jahr 2000 wurde es plötzlich geschlossen. Was mit ihm ge-
schieht ist ungeklärt.

Ende des 19. Jahrhunderts bemühte sich die Stadt darum, das
Landgericht nach Krefeld zu holen. Doch die Chancen standen
schlecht, da die Krefelder nicht mal eine Badeanstalt besaßen.
Ja, richtig gelesen. Im ausgehenden 19. Jahrhundert gehörten
Badezimmer nicht zum Standard einer Wohnung. Man wusch
sich mit einer Waschschüssel oder besuchte eines der zahlreichen öffentlichen Bäder am Rhein. Diese Zustände wollte man
den Juristen des Landgerichts und ihren Familien keinesfalls
zumuten. Die Krefelder ließen sich nicht ins Bockshorn jagen
und aus Trotz gegenüber der Obrigkeit entschied man sich, eine
prächtige Badeanstalt zu bauen und an nichts zu sparen.

1890 eröffnete das Stadtbad an der Neusser Straße. Die Aus-
stattung war erstklassig. Es gab ein getrenntes Schwimmbad
für Herren und eines für Damen sowie Dusch- und Wannenbä-
der in drei verschiedenen Klassen bis hin zum luxuriösen Kai-
serbad, einem irisch-römischen Bad mit Dampfbad und Sauna.
Wegen des hohen Eintrittspreises blieb das neue Bad nur der
Oberschicht vorbehalten. Eine medizinische Bäderabteilung mit
Wannenbädern war ebenso vorhanden wie ein Masseur, von
dem man sich behandeln lassen konnte. Die Fliesen und die
daraus hergestellten aufwendigen Mosaiken gehörten zu den
teuersten, die man seinerzeit kaufen konnte. Kristallspiegel mit
Eichenrahmen in den Umkleidekabinen, Möbel aus Eichenholz
und auf den Böden Kokosmatten. Bei der Eröffnung galt das

Das Stadtbad im Jahre 2001.

Krefelder Stadtbad als die schönste, prächtigste und luxuriöseste Badeanstalt im ganzen Reich.

Im Jahre 1897 kam die Brauseabteilung dazu. Das Duschen inklusive Handtuchnutzung und Seife kostete 25 Pfennig.

Ein verschwenderisch ausgestattetes Freibad mit Springbrunnen, Säulen, Emporen und Wasserspielen wurde 1925 eröffnet. Es verfügte über zwei Becken. Das größere Becken war sogar für internationale Wettkämpfe geeignet. Im Zweiten Weltkrieg wurde das Freibad bei einem Luftangriff von einer Sprengbombe zerstört. Nach Kriegsende wurde das Freibad 1946 zweckmäßig und prunklos wiederhergerichtet.

Der Niedergang des Stadtbades begann in den 1990er-Jahren. Die Bäderabteilung wurde kaum noch genutzt, zunächst verkleinert und schließlich ganz geschlossen. Ein Erdbeben im Jahre 1992 beschädigte das Becken des Damenbades so stark, dass es nicht mehr betreten werden konnte. Obwohl das Herrenbad renoviert wurde, kamen im Jahr 2000 nur noch 11.000 zahlende

Imposanter Flur im Krefelder Stadtbad.

Badegäste. Da finanzielle Mittel fehlten, verkam dieses ehemalige Juwel zu einer herkömmlichen Badeanstalt. Im Jahr 2000 schloss das gesamte Bad nach über 110 Jahren unerwartet seine Pforten. Da das Bad unter Denkmalschutz steht, befindet es sich nach wie vor in seinem Urzustand.

2006 wurde eine Bürgerinitiative gegründet, die das Bad in seiner Bausubstanz erhalten wollte, um Schwimmen und Wellness wieder zu ermöglichen. Verschiedene Konzepte wurden entwickelt, um das Stadtbad zu retten. Die Rede war vom kompletten Abriss bis hin zur Nutzung als Museum. Das Investitionsvolumen wurde auf 30 Millionen Euro geschätzt.

Im Oktober 2015 wurden die Türen des sonst so streng verschlossen gehaltenen Stadtbades geöffnet. Hunderte Interessierte stürmten gruppenweise in das klassische Gemäuer. Zum einen waren da die Hobbyfotografen, unschwer an ihren Stativen zu erkennen, zum anderen kamen die, die alten Erinnerungen nachhängen wollten. In der Wartezeit wurden Kindheitserlebnisse ausgetauscht, als der Eintritt noch in Pfennigen berechnet wurde. Sogar von einer durchwachten Nacht war die Rede, um diesen Termin nicht zu verpassen. Aufgrund des Andrangs blieben nur etwa 15 Minuten Zeit, um zwischen den anderen Fotografen stehend ein paar Erinnerungen mit der Kamera festzuhalten. Einige der Besucher erinnerten sich an den Schwimmunterricht von damals. Ihnen war zu der Zeit gar nicht bewusst gewesen, wie schön das Bad doch war.

Bereits ein Jahr später sah die Anlage erneut um einiges trauriger aus. Die Natur eroberte sich das Außengelände zurück. Rund um die mit schmutzigem Wasser gefüllten Becken wucherten Bäumchen und Sträucher. Der Anblick innen war mehr als gruselig. Als hätten gestern noch Badelustige verweilt. In den Spinden steckten teilweise die Schlüssel, die Umkleidekabinen verfügten obendrein über Kleiderbügel. Die Zeiger der großen Wanduhr zeigten sieben Uhr. Einige Fenster in den unzähligen Gängen standen auf, in anderen fehlten die Scheiben. Wunderbare Ornamente und herrliche Stuckdecken verzierten die langen Gänge. Man kam sich vor wie in einem Schloss. Die Bodenfliesen hatten ein herrliches Muster und stammten noch aus der Zeit um 1890. Sogar die Pflanzen in den Blumenkübeln wucherten im satten Grün vor sich hin, obwohl sie niemand pflegte. In der riesigen hohen Schwimmhalle flog ein Vogel seine Runden, suchte verzweifelt den Weg nach draußen. Das tiefe wasserlose Becken hatte etwas Beängstigendes.

In der Herrengemeinschaftsdusche war alles ordentlich und unversehrt. Im verglasten Büro des Bademeisters lagen Unterlagen, als wäre er mal eben zur Pause. Ein Gang über die Empore des prächtigen Bades brachte einem die Vergangenheit näher. Kaum etwas zerstört, unvorstellbar, dass hier niemand mehr baden sollte. Der große Vogel zog noch immer seine Kreise unter der gewölbten Decke.

Im unteren Stockwerk in der Ecke ein Ball, am Beckenrand ein paar Schwimmflossen, ein einzelner kleiner Schwimmflügel auf dem Boden, von einem Kind verloren und vergessen. Auf dem Tisch am Ausgang ein Häufchen Armbänder mit Spindschlüsseln. Traurig dieser Gang durch das historische Bad. Einstmals eine Stätte für Malocher und Besserbetuchte. Nun ausgestorben. Verlassen. Warum nur? Was war versäumt worden?

Simone Kühlewind, eine gebürtige Krefelderin, erzählte, dass sie über das vor sich hingammelnde architektonische Juwel sehr traurig sei. Sie kam ins Schwärmen. Sehr gut gefielen ihr die herrlichen Fliesen und das tolle Treppenhaus. Sie berichtete von ihrem Schulschwimmunterricht in dem Bad und von dem Schwimmkurs, den sie belegt hatte.

„Es gab zwei Schwimmhallen. Die Umkleidekabinen waren rund um das Schwimmbecken angeordnet. Das Wasser ging nicht, wie heute üblich, bis an den Beckenrand, sondern hörte ein ganzes Stück darunter auf. Deshalb hatte ich immer Angst, vom Beckenrand ins Wasser zu springen. Beim Schwimmkurs hat mich der Bademeister einfach ins Wasser geschubst, als ich gezögert habe. Ich bin natürlich untergegangen, habe meine Badekappe (die man damals noch tragen musste) verloren und das eklige Chlorwasser geschluckt. Danach hatte ich richtige Angst vor dem Schwimmkurs und habe meine Mutter unter Tränen angefleht, da nicht mehr hingehen zu müssen. Ich musste aber doch. Sie hat dem Bademeister jedoch ihre Meinung zu der Aktion gesagt. Schwimmen habe ich dann dort aber nicht gelernt. Erst später habe ich es mir mehr oder weniger selbst beigebracht", erinnerte sich Simone Kühlewind.

Hoffen wir, dass sich bald Investoren oder eine andere Möglichkeit finden werden, dieses tolle Bad wieder zum Leben zu erwecken!

Die schwarze Hand
von Schloss Hohenlimburg

Allein wegen seiner Lage wirkt es dominant: Schloss Hohenlimburg, ursprünglich erbaut im 13. Jahrhundert, thront majestätisch über dem Lennetal. Wer die gut erhaltene Höhenburg erreichen will, für den geht's stets bergauf. In dem Schloss wurde schon vor mehr als 200 Jahren ein rätselhafter Fund gemacht, um den sich Legenden ranken.

Wie ein Dornröschenschloss liegt es da, mitten zwischen grünen Hügeln und weiten Tälern, am südlichen Rand des Ruhrgebiets. Hohenlimburg ist die einzige mittelalterliche Höhenburg in Westfalen, die weitgehend im Ursprungszustand erhalten ist. Ein Anwesen, wie geschaffen für eine romantische Hochzeit, wie sie im Ballsaal möglich ist. Das ist der vielleicht schönste standesamtliche Trausaal in NRW. Bis zu 100 Personen finden Platz. Dem alltäglichen Besucher werden Führungen über das Gelände des Schlosses und durch den Innenbereich angeboten. Zum Beispiel die Sprichwörterführung, die Valentintagsführung, die Osterführung mit Eiersuche, u.v.m. Jeden Freitag um 20 Uhr lädt der Nachtwächter zur Abendführung ein, bei der manches im Dunkeln bleibt.

Schloss Hohenlimburg hat außerdem einen spektakulären Fund zu bieten: Die schwarze Hand! Als in einer Gewitternacht des Jahres 1811 ein Blitz in den Bergfried des Schlosses einschlug, fing der Turm Feuer. Das Stadtarchiv, das im Turm seine Heimstatt hatte, verbrannte fast vollständig. Bei den Aufräumarbeiten wurde eine gut mumifizierte Hand gefunden, konserviert durch Kalkmörtel. Später, an der Luft, bekam sie ihre typische schwarze Farbe. Bei genauer Betrachtung sieht man, dass an einem Finger der Hand ein Bindfaden befestigt ist. Vermutlich befand

Das wunderschön gelegene Schloss Hohenlimburg.

sich bis zum Brand an dem Faden ein Kärtchen mit den Daten des Besitzers, vielleicht wurde der Fund näher bezeichnet. Die Hand, es ist eine rechte, wirkt sehr klein und wurde sauber vom Arm getrennt. Aufgrund ihrer Größe lag die Vermutung nah, dass sie von einem Kind stammt, dessen Alter sich nicht genauer benennen lässt. Was hat es mit der Hand auf sich? Warum wurde sie aufbewahrt? Ein Unfall, eine Strafaktion? Reichlich Stoff für Vermutungen!

Es entstand eine Legende, die sich viele Eltern als Erziehungshilfe zunutze machten. Sie erzählten ihren Kindern die Geschichte vom jungen Grafen von Isenberg-Limburg, der die Hand gegen seine Mutter erhob. Zur Strafe gab der Vater einem Schafrichter den Befehl, dessen Hand abzuschlagen. Als Rechtfertigung für dieses Urteil fügte er die zehn Gebote an: In ihnen heißt es ja schließlich, man solle Vater und Mutter ehren. Zur Abschreckung sollte das Urteil auf einem öffentlichen Platz vollzogen werden. Die Hand wurde zur Warnung späterer Generationen einbalsamiert und aufbewahrt.

Die schwarze Hand im Museum von Schloss Hohenlimburg.

Richtig oder falsch? Nun, seit 2010 weiß man mehr. Die Wissenschaftler untersuchten die Hand mithilfe der Computertomografie. Danach stand fest, dass es sich um die Hand eines Mannes handelte. Es liegt die Vermutung nahe, dass es sich um ein Mordopfer handelte. Nach damaligem Rechtsverständnis sollte das Opfer, wenn es denn zu einer Anklage kam, mit seiner Hand symbolisch und leibhaftig der Gerichtsverhandlung beiwohnen können. Im vorliegenden Fall wurde der Mörder des unbekannten Mannes offenbar nicht gefunden und die Hand im Stadtarchiv aufbewahrt. Heute wird die schwarze Hand in einem Glaskasten im renovierten Turm von Schloss Hohenlimburg ausgestellt. Wissenschaftliche Erklärung hin oder her, bis heute ist dieser spektakuläre Fund ein Besuchermagnet. 2017 wurde im Schloss während des Weihnachtsmarktes sogar schwarzer Sekt geboten! Überreicht von Frank Basta aus Frankfurt an Tim Herkenräder von der Schloss Hohenlimburg gGmbH.

Ölkrise 1973

Der 25. November 1973 war der erste autofreie Sonntag als einer von vieren. Leere Straßen, keine kilometerlangen Staus auf den Autobahnen, egal ob zwei-, vier-, oder sechsspurig. Absolutes Fahrverbot für alle Kraftfahrzeuge. Das war schaurig und schön zugleich.

Bundeskanzler Willy Brandt (SPD) bat tags zuvor um Verständnis für die Fahrverbote. Sein Appell an die Bürger: „Zum ersten Mal seit dem Ende des Krieges wird sich morgen und an den folgenden Sonntagen vor Weihnachten unser Land in eine Fußgängerzone verwandeln." Zusätzlich zum Sonntagsfahrverbot gab es Tempobeschränkungen von 80 Stundenkilometern auf Landstraßen und 100 Stundenkilometern auf Autobahnen, die sechs Monate dauern sollten.

Der Grund für diese Maßnahmen waren die Ölkrise und die Konflikte im Nahen Osten. Die OPEC (Organisation der erdölexportierenden Länder) setzte die ölaufkaufenden Länder unter Druck. Die Menge des täglich geförderten Öls wurde verringert und damit der Ölpreis erhöht. In Ländern wie Deutschland, Niederlande und Frankreich hatte man die Befürchtung, bald nicht mehr genug Öl zu haben, um Schulen zu heizen und in Fabriken produzieren zu können. Die Angst der Menschen war groß, gerade im dicht bevölkerten Ruhrgebiet.

In der Bundesrepublik Deutschland stieg der Preis von leichtem Heizöl um das sechsfache. Es wurde nach alternativen unabhängigen Energiequellen gesucht. Trotz heftigen Widerstands aus der Bevölkerung entschied man sich für die Förderung der Kernenergie.

Nix los. Wir gingen zu Fuß, mitten auf der Fahrbahn. Wir hatten sie an diesem Tag für uns. Mal abgesehen von der Straßenbahn und dem Linienbus, die gelegentlich daherfuhren, waren nur Fahrräder oder Fußgänger unterwegs. Man blieb stehen, unterhielt sich, war fast euphorisch. Ein Pferdefuhrwerk verschaffte sich Platz zwischen den Leuten und erinnerte an frühere Zeiten.

Die Ölkrise selbst interessierte uns Jugendliche nur am Rande. Wir fanden es spannend, diese autolose Leere auf der Autobahn zu sehen, als wir auf der Brücke stehen blieben und hinunterschauten. Stattdessen Fußgänger und Radfahrer auf der Fahrbahn, ein ungewöhnlicher Anblick. Weiter hinten sogar zwei

So geht es auch! Pferdegespann am autofreien Sonntag in Essen, Friedrichswall.

Rollschuhfahrer. Nun wurde uns doch ein wenig bange. Wie würde die Zukunft aussehen, fragten wir uns. Aus der Traum vom eigenen Auto?

Fast alle der 13 Millionen Autobesitzer in Deutschland mussten ihr Fahrzeug stehen lassen. Ausnahmegenehmigungen erhielten praktisch nur Ärzte und Polizisten. Ja, und mein Vater. Er hatte Wechseldienst auf einem Chemischen Werk und wäre sonntags gar nicht mit öffentlichen Verkehrsmitteln zur Arbeit gekommen.

Wir spürten eine nicht gekannte Freiheit und Neugier, als wir uns am späten Nachmittag auf den Weg zu unserem Stammlokal machten. Dort war richtig was los, obwohl das weiter weg wohnende Stammpublikum ohne Auto nur schlecht anreisen konnte. Unsere Sorge, wir würden einsam und verlassen auf unseren Plätzen an der Theke sitzen, war also unbegründet. Der Laden war voll, die Stimmung grandios, die Musikbox gab alles, man befand sich in einer Ausnahmesituation. Die meisten Anwesenden sprachen ordentlich dem Alkohol zu, denn sie brauchten sich anschließend nicht hinters Steuer zu setzen. Später am Abend schafften wir es gerade noch, den letzten Bus um 22 Uhr zu erreichen, der uns nach Hause brachte. Wir waren auf den nächsten autofreien Sonntag gespannt!

Die Bilanz der Polizei sah weniger gut aus. Sie schnappte knapp 1300 Fahrer, die ohne Genehmigung auf den Landstraßen und den Autobahnen unterwegs waren. So erhöhte der Gesetzgeber das Bußgeld für eine Übertretung des Sonntagsfahrverbots von 80 auf 500 D-Mark, was Wirkung zeigte. Am 2. Dezember 1973, dem zweiten autofreien Sonntag, wurden nur noch 222 Sünder erwischt.

Ein zeitgenössischer Kommentator stellte im Radio fest, dass das Sonntagsfahrverbot zwar kaum einen wirtschaftlichen, dafür aber einen moralischen Effekt hatte. Die Deutschen besannen sich auf das Naturerlebnis Spaziergang oder genossen die wiedergewonnene Stille. „Die Wiederkehr der Sesshaftigkeit" titelte Rundfunkjournalist Christian Schütze vom Hessischen Rundfunk.

Die Ölpreise sanken nie wieder unter das Niveau von 1973. In Deutschland wurden nach dem Embargo strategische Ölreserven angelegt, Ölvorkommen in der Nordsee erschlossen, alternative Energiequellen erforscht und effizientere Technologien entwickelt.

Sie nahmen ihn einfach mit

In den Kriegsjahren, es muss so 1942/43 gewesen sein, kam das braun-weiß gescheckte Pony Bubi nach Bergmannsglück, um fortan den kleinen Milchwagen, der eigens für ihn angeschafft worden war, zu ziehen. Bubi eroberte alle Herzen im Sturm.

Pferdefuhrwerke hatten bei Leipolds Tradition. Wenn morgens die Pferdehufe auf das Kopfsteinpflaster knallten, wusste jeder, der Milchmann Leipold war in der Nähe. Frauen und Kinder kamen mit Kannen und Töpfen aus den Häusern gelaufen. Vor Bubi war es Meta, ein Kaltblüter, die den Milchwagen zog. Doch bei einer Verkaufstour auf der Horster Straße fuhr eine Straßenbahn in Pferd und Wagen. Meta musste geschlachtet werden, der Wagen war Totalschaden. Da Krieg herrschte, wurde das Pferdefleisch beschlagnahmt, was ein herber Verlust für die Familie Leipold war. Kein Fleisch, kein Wagen und kein Pferd. Da Meta außerdem regelmäßig nachmittags an einen Bauern gegen Kartoffeln zum Pflügen ausgeliehen worden war, versiegte eine wichtige Nahrungsquelle.

Milchlieferung frei Haus mit nur einem PS.

Doch dann gab es Bubi, ein Pony, das nicht nur Kinderherzen höherschlagen ließ. Wenn es bei den Verkaufsfahrten Fliegeralarm gab – was häufig vorkam – brachten sich alle Leute schnell in Sicherheit. Nicht so Bubi. Er lief voller Panik einfach davon. Als die Gefahr vorbei war, suchte man die ganze Siedlung Bergmannsglück nach ihm ab. Aber das Pony war schlauer als vermutet. In seiner Not lief es mit seinem Anhänger zur Ausgabestelle der Milch an der Polsumer Straße, ehem. Gaststätte Heihoff, weil es dort immer etwas zum Fressen bekam.

1955 hatte Bubi sogar einen großen Auftritt bei der Nikolausfeier in der Gaststätte Fammler, (heute Meinhövelgelände). Er trat neben dem Nikolaus in der Gastwirtschaft auf und erfreute Groß und Klein.

Bis 1958 zog Bubi treu den Milchwagen, dann schafften sich die Leipolds, denen es wie vielen anderen inzwischen wirtschaftlich gut ging, ein Auto an. Von nun an wurden die Milchkunden mit mehr als nur einem halben PS beliefert.

Diese kleine Karre wurde von dem Pony Bubi durch Bergmannsglück gezogen.

Bubis neues Zuhause wurde 1960 ein Zirkus, der in Buer gastierte und ihn mitnahm. Viele in Bergmansglück weinten dem treuen Pony nach. Noch Jahre später fragten sich viele, nicht zuletzt die Enkelkinder von Leipolds, die nachmittags regelmäßig auf dem Pony geritten waren, was wohl aus Bubi geworden sein könnte.

Mehr als ein Trauerort

Mal Gruselstätte, mal Trauerort, mal Trostspender, manchmal Partnerbörse. Mit 43 Hektar liegt in Buer der größte Friedhof der Stadt. Er ist wie ein eigener Stadtteil und schließt sich direkt an die Siedlung an, in der ich aufgewachsen bin. Das mag Außenstehenden gruselig erscheinen, doch für mich und meine Familie war der Friedhof ein vielschichtiger und faszinierender Ort. Eine wunderbare Oase der Ruhe. Wiesen, Bäume, neben uralten Gruften auch moderne Gemeinschaftsfelder, die „Garten der Erinnerung" heißen.

Besonders für ältere Menschen war und ist der Friedhof eine Stätte der Kommunikation. Ein Ort, um sich zu treffen und auszutauschen oder – wie meine Oma damals – die neu aufgebahrten Leichen zu bestaunen und ihr Aussehen zu kommentieren. Uns erzählte Oma, sie hätte schwache Nerven, aber stundenlang Leichen anzuschauen machte ihr nichts aus. Nicht nur die Toten, auch die ausgehobenen Grabstätten wurden von ihr in Augenschein genommen. Meine Oma konnte sich nicht weit genug in so ein frisches Erdloch hinunterbeugen, so tief, dass sie eines Tages hineinstürzte und nicht mehr allein herauskam. Da das Feld sehr abgelegen und sie an dem Tag allein unterwegs war, musste sie einige Stunden in der Kuhle ausharren.

Zuerst starb mein Opa – er sah mit seinem finsteren Blick und der dunklen Brille aus wie Adolf Hitler nach einer Hungerkur – und das mit nur 63 Jahren. Am Tage seiner Beerdigung habe ich mit einem Dauerlutscher die Scheibe der Kabine, in der er aufgebahrt war, vollgeschmiert, während die lieben Verwandten sich in Tränen ergossen. Da war ich drei Jahre alt und nahm den Friedhof zum ersten Mal richtig wahr. Bis ich erwachsen

Sonnenaufgang auf dem Hauptfriedhof in Buer.

war schleppten mich meine Eltern gefühlte 50.000-mal mit zum Grab, um es zu pflegen.

Als im Alter von 14 Jahren ein Mitschüler mit dem Fahrrad tödlich verunglückte, trat ich in die Fußstapfen meiner Oma und besuchte mit etlichen Schulfreundinnen die Trauerhalle unseres Friedhofs, um ihn neugierig zu bestaunen. Freude empfand ich dabei nicht, ihn, dem Sonnenstrahlen ins zusammengeflickte Gesicht fielen, anzuschauen, nachdem wir den Vorhang beiseitegezogen hatten. Im Gegenteil. Ich war monatelang traumatisiert von dem Anblick.

Vor vielen Jahren führte mich der Weg regelmäßig zu zwei Bänken gegenüber dem neuen Toilettengebäude. Gerade wurde ein Feld belegt, und von den Bänken konnte man als Friedhofsbesucher die Witwen und Witwer relativ unauffällig in Augenschein nehmen. Die Frauen waren eindeutig in der Mehrzahl. Manche von ihnen waren, wie es schien, gerade erst in den Witwenstand getreten und hielten trotzdem schon Ausschau nach einem neuen Partner. Gemeinsames Trauern verbindet eben. Die Bekanntschaften hielten oft nicht lange, nach wenigen Wochen nahmen einige Damen wieder auf einer der Bänke Platz, um nach was Besserem Ausschau zu halten. Die Partnerbörse boomte, was für mich sehr anregend war, da ich gerade einen Roman über den Friedhof schrieb. So erstaunt es nicht, dass meine Protagonistin sich ihre Partner unter den Trauernden auf dem Friedhof suchte.

Inzwischen steht gegenüber dem Toilettenhaus nur noch eine Bank, die kaum frequentiert wird. Was nicht heißen soll, dass sich nicht doch wer auf dem Friedhof zusammenfindet. Platznehmen würde ich dort jedenfalls nicht mehr. Eine Bekannte, die nicht wusste, was es mit der Sitzgelegenheit auf sich hat, wollte sich nur ein Pflaster auf ihren lädierten Fuß kleben. Schon hatte sie ein männliches Wesen an der Backe, das sich lautstark und – immerhin – positiv zu ihrem Aussehen äußerte.

Dann hörte ich von dem „Witwencode" und konnte nicht glauben, dass er wirklich funktioniert. Daher startete ich einen Selbstversuch. Sie wissen nicht, was der Witwencode bedeutet und wie er funktioniert? Es handelt sich dabei um eine Art Taschentuch-Code. Sie wissen schon, Frau lässt (absichtlich) ihr Stofftaschentuch fallen, der Kavalier hebt es auf und trägt es ihr nach. Also: Wer treu die Blumen auf dem Grab seines Verblichenen gießt und beim Wasserholen die Gießkanne mit dem Trichter nach vorne trägt, ist bereit für eine neue Beziehung. Bei wessen Kanne der Ausguss hingegen nach hinten zeigt, der ist nicht auf der Suche. Bekannte, mit denen ich darüber sprach, wussten natürlich Bescheid, nur ich wieder nicht.

Ich startete also meinen Selbstversuch. Vielleicht war die Kannengröße bei meinem Versuch nicht die richtige oder die Farbe falsch? Es handelte sich um die kleine, rosa Sandkastenkanne meiner Enkelin. Oben beim Haupteingang begann ich damit, das Kännchen mit dem Ausguss eifrig nach vorne zu schwingen. Ich lief bis zur Trauerhalle und setzte mich auf eine Bank. Ja, ich habe schnell einen entsprechenden Herrn begeistern können, der händeringend eine neue Partnerin suchte, nachdem die seine vor einiger Zeit das Zeitliche gesegnet hatte. 80 Jahre alt, äußerst gebrechlich, ein wenig ungepflegt, jedoch ehemaliger Fahrsteiger auf der Zeche i. R. mit sehr hoher Rente, einem Haus und einem Fahrzeug mit Stern. Resigniert brach ich den Versuch ab.

Als vor sieben Jahren mein Hund Felix verstarb, nahm ich an einer Führung im Dunkeln, durchgeführt von Herrn Andreas Mäsing, dem Geschäftsführer der FGG-Friedhofsgärtner Gelsenkirchen, und Rainer Gessmann, einem Kollegen von ihm, teil. An verschiedenen Stationen wurden Gedichte und Texte aus dem Evangelium vorgetragen. Friedhof bei Nacht war mal eine ganz andere Erfahrung als bei Tage. Man hört Dinge, die man tagsüber gar nicht wahrnimmt. Hier ein Käuzchen, dort ein Uhu. Eine sehr Trost spende Angelegenheit für mich. Ähnliche Führungen fanden auch schon am Karfreitag bei aufgehender Sonne statt.

Die Bänke auf dem Friedhof, auch die vor der Trauerhalle, dienen nicht nur der Partnerbörse, sondern ebenso dem Erfahrungsaustausch unter Autorinnen. Vor zwei Jahren traf ich mich mit meiner langjährigen Schulfreundin Dr. Ellen Norten unter der lauschigen Kastanie vor der Trauerhalle. Kurz zuvor hatte sie ihren Vater verloren, der in der über 50 Jahre alten Familiengruft beigesetzt wurde. Hinter dem alten Grabstein der Gruft haben wir des Öfteren Bücher deponiert, die für den anderen bestimmt

Kinder der Kita Niefeldstraße bauen den Friedhof nach.

waren. In diesem Familiengrab wurde vor mehr als einem halben Jahrhundert bereits Ellens Großvater beigesetzt.

Wenige Tage nach der Beisetzung des Vaters begegnete Ellen ihrem Großvater auf überraschende Weise. Gerade als sie gemeinsam mit ihrem Gatten die Gruft neu bepflanzen wollte, stieß dieser auf eine vermeintliche Wurzel und warf sie im hohen Bogen hinter sich in einen Rhododendronbusch. Im Vorbeiflug offenbarte sich Ellen ein unerwartetes Bild, es handelte sich nämlich nicht um ein Wurzelstück, sondern um einen Teil ihres Großvaters. Und zwar um einen Wirbelknochen, der vermutlich beim Ausschachten des frischen Grabes an die Oberfläche gelangt war. Kurz und gut: Das Ehepaar ging auf die Knie und versuchte den Knochen in dem lockeren Laub unter dem Busch zu finden. Vergeblich. Am nächsten Tag suchte Ellen erneut die Familiengruft auf, da der Knochen des Opas ihr keine Ruhe ließ. Mithilfe ihres Nachbarn, eines zugreifenden, emsigen Mannes, der sich unter die Büsche warf und sich regelrecht durch die toten Blätter pflügte, bis er mit einem lauten Freudenschrei den Arm hochriss und das Knochenstück präsentierte. Dieser Wirbelknochen mit deutlich sichtbarem Loch des Rückenmarkskanals befindet sich nun in einem Glas auf Ellens Bücherregal. So hat sie einen Teil Großvater in ihrer Nähe.

Ein verlorener Ort –
Das Hotel Seestern in Haltern

Bis in die 90er-Jahre war das Hotel Seestern in attraktiver Lage, direkt am Halterner See, ein heller, ein beliebter Ort. 1991 wurde der Komplex von einer Schweizer Unternehmungsgruppe gekauft, Ende der 1990er-Jahre wegen finanzieller Probleme geschlossen. Eine Eigentümergemeinschaft ersteigerte das Objekt wenig später für 700.000 Euro. Letztendlich fehlte ein Investor, die Banken verlangten hohe Bürgschaften, die großen Hotelketten lehnten Bankbürgschaften ab. Das Gebäude verfällt seitdem, es hat mehrfach gebrannt und das Hotel wurde von Vandalen verwüstet. Immer wieder gab es Klagen von Anwohnern. Schon vor langen Jahren hieß es, dass die Hotelruine „Seestern" abgerissen würde, doch nichts geschah. Altenheim, Fahrradhotel, Seniorenresidenz oder ein Hotel für Menschen mit Behinderung – es gab verschiedene Nutzungsideen, von denen sich keine umsetzen ließ. Trotz der traumhaften Lage am See.

Schaut man sich das Innere des verlassenen Gebäudes an, bietet sich ein trostloses Bild. Verschimmelte Oberbetten, zerfetzte Handtücher und Kleidungsstücke in den Betten. Eine herabgefallene Lampe komplettiert das ganze Elend. Sogar die Gardinen hängen noch. Als hätte ein Verbrechen stattgefunden. In anderen Räumen sind die Möbel zerschlagen. In den möbellosen Räumen liegen verschmutzte Matratzen.

Die Küche toppt das Ganze allerdings. In einer Pfanne auf dem Herd befindet sich undefinierbares Gut. Die Backofentüren stehen offen, Schubladen sind aus den Schränken gerissen und zerstört. Auf dem Boden zwischen Holzstücken liegen Essensreste. Schmutzige Teller stehen in der Durchreiche und auf den Tischen. Diesen Verfall anzusehen schmerzt. Für einen Krimi-

Hotel Seestern in Haltern.

autor wäre diese Hotelruine eine anregende Kulisse. Was für Geschichten um fiktive Opfer und Täter ließen sich erzählen! Der ideale Ort, um jemanden ad acta zu legen.

Laut neuester Presseberichte kann die Stadt Haltern einen Erfolg vermelden: Sie hat die Eigentümer der Seestern-Ruine zurück an den Verhandlungstisch geholt. Dabei wurde klar, dass die Seestern GmbH & Co KG nach wie vor kein Interesse an einem Hotelbau, wohl aber an der Einrichtung von Ferienwohnungen hat. Abgesetzt dazu könnte auf dem benachbarten städtischen Grundstück ein Hotel entstehen. Wie auch immer, die Ruine des Seesterns am Stauseeufer soll endlich weg. Das wünschen sich Halterns Bürger.

Kumpel mit Hufen

Sie gehörten zum Ruhrgebiet wie Kohle und Stahl und Zehntausende malochten in den Zechen an der Seite der Bergleute. Trotzdem sind die Grubenpferde heute fast in Vergessenheit geraten, dabei waren sie für die Entwicklung der Region unverzichtbar. 100 Jahre lang haben die Pferde Schwerstarbeit geleistet, indem sie Bergleuten das Ziehen der Kohleloren abnahmen. Zunächst wurden die Pferde überirdisch in Stallungen untergebracht und in den Schacht heruntergelassen. Ponys, eingewickelt in Netze, wurden zu Schichtbeginn mithilfe von Gurten und Schlingen durch die engen Förderschächte in die Tiefe gebracht. Nachdem die Stollen breiter geworden waren, wurden sie in speziellen Kisten und stehend heruntergebracht. Um Verletzungen zu vermeiden, wurden den Tieren ein Augen- und Ohrenschutz angelegt. Schließlich blieben die Pferde in unterirdischen Stallungen. Nach und nach kamen kräftigere Pferde zum Einsatz, vor allem Haflinger.

Vor dem Ersten Weltkrieg verrichteten allein in den Zechen an der Ruhr mehr als 8000 vierbeinige Kumpel die Kärrnerarbeit. Ohne sie wäre der Anschluss an die Industrialisierung nicht möglich gewesen, erklärte Dr. Ulrike Gilhaus, die Leiterin des LWL-Museumsamtes für Westfalen und ehemalige Leiterin des Industriemuseums Zeche Zollern in Dortmund.

Bereits um 1882 ersetzten 220 Grubenpferde allein im Bereich Dortmund rund 15.0000 Förderleute. Ihren ersten Einsatz im Ruhrgebiet hatten Pferde in den Essener Zechen Helene Amalie und Victoria Mathias. Die Grubenpferde gewöhnten sich rasch an die sonnenlose Untertage-Welt. Sie entwickelten einen exakten Orientierungssinn und waren weniger anfällig für die bei den Kumpels gefürchtete Staublunge. Wegen des Luftzugs in

Grubenpferd auf der Zeche Hugo in Buer.

den Stollen litten sie jedoch oft an Erkältungen und Augenent-
zündungen. Lebensgefährlich war die Arbeit vor Ort für Mensch
und Tier. „Bei Beinbruch musste das Pferd in der Grube getötet
werden. Dann gab es drei Tage in der Werksküche Nudeln mit
Gulasch", erinnerte sich der Bergmann und frühere Pferdeführer
Horst Höger. Seit den 20er-Jahren übernahmen mehr und mehr
Förderbänder und Elektro-Loks die Arbeit der Tiere.
Die Grubenpferde hatten einst viele Aufgaben zu erledigen:
Sie brachten abgebaute Kohle zum Schacht und nahmen Stei-
ne in die andere Richtung mit, um damit Hohlräume zu füllen.
Ebenso transportierten sie Holz oder später Maschinen an den
Ort des Einsatzes. Sie mussten stark, schlau, gutmütig und un-
erschrocken sein und trugen Namen wie Erich, Seppel, Konrad
und Alex.
Am 23. Juni 1966 war die letzte Schicht des deutschen Gruben-
pferdes Tobias auf der Zeche General Blumenthal in Reckling-

hausen. Zwölf Jahre unter Tage hatte der braune Wallach hinter sich. Zum Schluss zog er nur noch hin und wieder eine Lore Kohlen durch den Stollen. Lieber ließ er sich von den Bergleuten in seinem unterirdischen Stall mit Butterbroten, geschälten Apfelsinen und Kartoffelschalen verwöhnen. Den Kohlentransport erledigte inzwischen längst moderne Fördertechnik für ihn.

Sogar der Bergwerksdirektor und das Fernsehen rückten an, als Tobias – mit ordentlich Speck auf den Rippen – endgültig seine letzte Schicht antrat. Mit viel Tamtam wurde das Grubenpferd in den Ruhestand geschickt.

Tobias selbst war in seinem hohen Alter überhaupt nicht an einer Ortsveränderung interessiert. Als man ihn zu seiner letzten Fahrt zum Förderkorb führte, riss er sich los und galoppierte schnurstracks zurück zu seinem Stall. Steiger Heinrich Rawers musste helfen und ihn in eine Kiste locken. Doch erst am frühen Morgen gelang es, den störrischen „Rentner" ans Tageslicht zu befördern. Nur widerwillig und rückwärts ließ sich Deutschlands dienstältestes Grubenpferd in den Pferdetransporter verfrachten.

Allerdings fiel ein kleiner Schatten auf Tobias' Ruhm. Während der müde Wallach als Fernsehheld seinen Ruhestand auf der saftigen Weide eines Recklinghäuser Bergmannskotten antrat, stand der alte Schimmel Seppel in Bochum-Gerthe weiterhin hunderte Meter tief in seinem Stall. Von seiner Verabschiedung zwei Monate später existiert nicht mal ein Foto.

Auf der Zeche Hugo in Gelsenkirchen-Buer hieß das letzte Grubenpferd Alex. Zu Ehren von Alex wurde 1980 ein hübsches Grabmal neben dem Schrankenwärterhäuschen erbaut. Alfred Konter – auch als „Don Alfredo" bekannt – arbeitete als Rangierer, Heizer und Zugbegleiter auf der Zeche Hugo. Nach einem schweren Arbeitsunfall im Jahr 1980 wurde er Schrankenwärter an der Horster Straße. Eigenhändig hat er das Grabmal gestaltet, das er in seiner freien Zeit im Frühjahr und Sommer mit frischen Blumen verschönerte.

Auf der Zeche Hugo in Buer wurden Grubenpferde in den Jahren 1885 bis 1949 als Zugtiere für die Kohleloren eingesetzt. Ein ehemaliger Bergmann, der kurze Zeit mit Grubenpferden gearbeitet hat, erzählte Folgendes: „Pferde sind ja intelligente Tiere. Das Grubenpferd wusste nach einiger Zeit immer, wie viele Wagen es ziehen musste. Es waren in der Regel mehrere. Weiterhin spürte es, an welcher Stelle im Streb das Gefälle so weit ausreicht, dass seine Pferdestärke nicht mehr erforderlich war und wann es Feierabend hat."

Auf der Zeche Bergmannsglück in Gelsenkirchen wurden 1914 80 Pferde für den Kohletransport eingesetzt. 1920 baute man einen Wagenschuppen sowie einen Kranken-Pferdestall, 1929 einen neuen Pferdestall und eine Kutscherwohnung. Bis Anfang der 30er-Jahre wurde die Hauptstreckenförderung ausschließlich mit Pferden bewältigt. Ein Pferd, von einem Pferdejungen geführt, war in der Lage, bis zu zehn Wagen zu ziehen. Die Grubensteiger trugen Sorge dafür, dass die 16-jährigen Jungen ihre Pferde gut behandelten. Die Pferde wurden auf der Fördersohle in großen Ställen untergebracht, in denen sie gepflegt und gefüttert wurden. Die Erfahrung hat gezeigt, dass Pferde in der Grube trotz des Mangels an Sonnenlicht länger arbeitsfähig blieben, als die Arbeitspferde über Tage, weil die gleichmäßige Grubentemperatur ihrem Lebensrhythmus dienlich war.

Der Schriftsteller Paul Zech widmete den Grubenpferden ein Gedicht: „So schwarz weint keine Nacht am schwarzen Gitter, wie in dem schwarzen Schacht das blinde Pferd. Ihm ist, als ob die Wiese, die es bitter in jedem Heuhalm schmeckt, nie wiederkehrt."

Wohin mit der Leiche?

Als Krimiautorin lege ich Wert auf Plausibilität und dazu gehören geeignete Plätze, dunkle Orte, an denen der Mörder seine Leiche unbemerkt verschwinden lassen kann. Die Suche danach ist gar nicht so einfach. Im einem Sommer zog es mich oft nach Haltern am See, da ein Teil meines neuen Krimis „Fuchsjagd" dort spielen sollte. Recht bald stand der Plot des Krimis. Eine alte Lehrerin, die in einem Heim in der Nähe des Sees lebte, verschwand plötzlich, nachdem ehemalige Schüler bei ihr aufgetaucht waren. Doch gab es da ein Problem. Ich suchte händeringend nach einem geeigneten Ablageort für eine Leiche, was sich als gar nicht so einfach herausstellte. Mit meinem Ehemann und meiner Hündin Enja war ich mindestens zwei Mal die Woche am Halterner Stausee. Nach einem Aufruf bei Facebook bekam ich ganz viele Tipps. Man nannte mir Stellen, die sich angeblich als Leichenablageort eignen würden.

Zum einen war da der Campingplatz Stockwieser Damm, direkt am Nordufer des 300 Hektar großen Sees. Ein herrliches Kleinod, mystisch, im Wald verborgen. Nach intensiver Begehung der gesamten Anlage – ich wurde von der düsteren Kulisse angezogen – traf ich auf einen älteren Herrn, der Dauercamper war und den Platz Sommer wie Winter nicht verließ. Er zeigte mir unter anderem einen alten, nicht mehr genutzten Müllcontainer, in den angeblich vor langer Zeit eine in einen Teppich gerollte Leiche entsorgt worden war. Ob es sich nur um ein Gerücht handelte oder der Kerl nicht mehr alle Tassen im Schrank hatte, vermag ich nicht zu sagen.

Andere meinten, an der Stever wäre ein prima Ort, um eine Leiche loszuwerden. Dieser kleine Fluss schlängelt sich vom Münsterland bis ins Ruhrgebiet und speist anschließend den Hullener

Ausflugsdampfer Möwe vor der Vogelinsel auf dem Halterner Stausee.

und den Halterner Stausee, um kurz hinter der Staumauer in die Lippe zu münden. Die Stever ist ein Paradies für Kanuten. Einige Bootsunterstände, verlassene marode Hütten und ein weiterer Campingplatz würden sich für mein Vorhaben ebenfalls anbieten, teilte mir meine große Facebook-Familie mit. Täglich bekam ich neue Hinweise.

Ein Herr meinte, die 30 Hektar große Vogelinsel in der Mitte des Halterner Sees wäre ideal, um jemanden endgültig aus dem Verkehr zu ziehen. Oft genug habe ich diese Insel, die von Menschen nicht betreten werden darf, mit dem Fahrgastschiff Möwe umfahren und meine Fantasie spielen lassen. Da meine Mordverdächtigen in diesem Krimi teilweise schon im fortgeschrittenen Alter sind, kam die Insel für mich nicht infrage. Ein tattriger alter Mann wäre sicherlich nicht in der Lage, ein Faltboot auseinanderzuklappen und die Leiche übers Wasser auf die Insel zu schaffen. Ein Problem wäre es für ihn allein schon, Boot und Leiche bis zum Ufer des Sees zu transportieren.

Wäre da noch das 200 Hektar große Wasserwerk, welches sich direkt am Halterner See befindet und eine Millionen Menschen mit Trinkwasser versorgt. Ich beschloss, das Areal im Rahmen einer Führung zu erkunden. Die ganze Anlage gleicht einem Hochsicherheitstrakt, bewacht von etlichen Videokameras. Die Zufahrt liegt so versteckt, dass ich sie erst nach langem Suchen fand und fast zu spät kam. Ich lauschte dem kurzweiligen Vortrag, verschlang den interessanten Film regelrecht. Begriffe wie Brunnenanlagen, Versickerungsbecken, Langsamsandfilter, Aktivkohle, Entmanganung und Natronlauge rauschten an mir vorbei. Ich hatte nur meine Leiche im Kopf. Abschließend wurde ich durch das große Außengelände geführt. Ich durfte in riesige im Boden eingelassene runde Behälter blicken, um letztendlich festzustellen, dass man in so einem röhrenartigen Verlies niemals eine Leiche entsorgen könnte, weil man gar nicht erst auf das bewachte Gelände käme. Ich hatte genug gesehen.

Blieb mir noch die Westruper Heide, der Tipp eines Autorenkollegen. Dieses wunderschöne Gelände, das parallel zum See liegt, ist für mich allerdings nur eine Steppe mit zahlreichen Ruhebänken, gerade mal geeignet, um einen Hund Gassi zu führen, jedoch nicht, um eine Leiche zu verstecken. Es sei denn, man verbuddelt sie des Nachts unter Heidegestrüpp. Im vorigen Jahr hatte man dort um fünf Uhr morgens einen toten Mann gefunden. Suizid. Ansonsten passierte hier wenig, weiß das Internet zu berichten. Es gibt ein kleines Heidehäuschen, schön anzusehen. Dort würde man eine Leiche jedoch sehr schnell finden. Der Westruper Heide schließt sich ein riesiges Waldgebiet an, die Haard, das ich an mehreren Tagen durchwanderte, ohne eine geeignete Stelle zu finden.

Alter Container auf einem Campingplatz in Haltern. Ein geeigneter Ort, um eine Leiche zu verstecken?

Auch am Yachthafen, wo ich des Öfteren auf der Terrasse des Lokals Stadtmühle saß, um Eis zu essen, fiel mir nichts ein, während ich träumend den Booten, die den Hafen verließen, hinterherschaute. Im Winter könnte man einen Toten unter der Plane eines Segelbootes verstecken. Spätestens im Frühjahr würde er allerdings entdeckt werden, wenn der Eigner des Bootes die Saison einläutete oder die Sonne die Jolle richtig aufheizen und man die Leiche riechen würde.

Eines schönen Sommertages kam mir zu Hause im Liegestuhl die zündende Idee, wohin mit meinem Mordopfer. Euphorisch schrieb ich daraufhin meinen Krimi zu Ende.

Gladbeck – Die letzte Fahrt des Eiermanns

Am 13. September 2017 erklang zum letzten Mal die Klingel am Verkaufswagen des Eiermanns in einer Wohnsiedlung in Gladbeck. Völlig aus dem Häuschen rannten die Kinder dem Fahrzeug, in dem der beliebte Mann saß, entgegen. Die allerletzte Tour für Willi Höwelhans nach 50 Jahren.

„Kartoffeln, Erdbeeren, Eier", rief er laut, nachdem er den Wagen geparkt und verlassen hatte. Freudig begrüßten ihn die Kleinen. „Eiermann, Eiermann, darf ich einmal klingeln?" Sie durften natürlich den Klingelknopf betätigen, der allen in der Siedlung ankündigte, dass Höwelhans da war. Außerdem bekamen sie Lollis von dem freundlichen Mann geschenkt. Der Eiermann, der vier Mal die Woche vom Osnabrücker Land ins Ruhgebiet gereist kam, war in der Siedlung längst nicht nur der Eiermann. Neben Landeiern und vielen Produkten vom Bauernhof wie Kartoffeln, Obst und Konfitüren, bot er von seiner Gattin selbst gemachte Salate an. Frischer Aufschnitt vom regionalen Metzger sowie verschiedene Sorten Käse durften natürlich ebenfalls nicht fehlen. Selbst echtes Hausfrauengebäck und Honig vom befreundeten Imker waren an Bord.

Traurig ging es auf der Abschiedstour zu, da der Eiermann in den langen Jahren längst zum Freund und Vertrauten der zu beliefernden Familien geworden war. So wurden an dem Tag viele Tränen vergossen, man zog den Mann an sich und drückte ihn zum Abschluss noch einmal kräftig. Wie oft hatte man ihm, einer befreundeten, jedoch neutralen Person, sein Herz ausgeschüttet, ihm vertrauliche Dinge erzählt und so manchen guten Rat von ihm bekommen. Mehr als nur ein Bekannter war er besonders für die Frauen der Siedlung geworden. Eine feste, beständige Einrichtung. Man freute sich auf die Tage, an denen

St.-Lamberti-Kirche und City von Gladbeck.

er auf der Bildfläche erschien. Seine Klingel ließ nicht nur die Hausfrauenherzen höherschlagen.

An diesem Tag wurden die Tränen jedoch schnell getrocknet und der Eiermann reichlich für die vielen Jahrzehnte treue Dienste entlohnt. „Einmalig, der Mann, immer freundlich zu den Kindern, immer geduldig, immer tröstende Worte für jeden, der sie brauchte, parat. Er ist einfach nicht zu ersetzen", berichtete eine traurige Kundin. Nein, so leicht wäre er nicht zu ersetzen, da waren sie sich alle einig. Hübsche Geschenke: Sekt, Pralinen, Blumen, Karten mit lieben Wünschen, von den Kindern gemalte Bilder und vieles mehr überreichten sie ihm auch ein paar Straßen weiter zum Abschied. Wieder wurde er geherzt und umarmt, dieser bescheidene, stets gut gelaunte Mann.

Willi Höwelhans machte sich gerührt auf den Heimweg ins Osnabrücker Land. Zum letzten Mal. 50 Jahre Eiermann im Ruhrgebiet, mit oft langen Tagen, die bis zu 11 Stunden dauerten, waren für den älteren Herrn kein Pappenstiel. Nun als Rentner hoffte Willi Höwelhans, endlich mehr Zeit für sein Hobby zu haben. Er spielte in seinem Heimatort begeistert in einer Blaskapelle. So fuhr er mit einem lachenden und einem weinenden Auge heim, während die Frauen und Kinder ihm nachwinkten, bis der Wagen um die Ecke verschwunden war. Er kannte sie alle mit Namen, kannte ihre Familienverhältnisse, wusste, wann der Sohn von Inge Konfirmation und dass der kleine Jens sich ein Bein gebrochen hatte.

Klar, bald würde ein neuer Eiermann die Siedlung beliefern, das hofften die Kunden in Gladbeck sehr, doch niemand würde den lieben Willi Höwelhans, diesen guten und treuen Freund, ersetzen. Der Eiermann nahm nach einem halben Jahrhundert Abschied vom Ruhrgebiet. Ein Abschied für immer.

Die Brücke zum Schloss Wittringen in Gladbeck.

Weitere Bücher aus der Region

Ruhrgebiet - 1000 Freizeittipps
Städte, Natur, Kultur, Sport und
Industriedenkmäler
Sabine Durdel-Hoffmann
192 Seiten, zahlr. Farbfotos
ISBN 978-3-8313-2891-8

**Ruhrgebiet - Die Gerichte
unserer Kindheit**
Rezepte und Geschichten
Heinrich Wächter
128 Seiten, zahlr. Farbfotos
ISBN 978-3-8313-2204-6

**Weihnachtsgeschichten
aus dem Ruhrgebiet**
Margit Kruse
80 Seiten, zahlr. schw./w. Fotos
ISBN 978-3-8313-2745-4

Bochum - ... ich komm' aus dir"
Geschichten und Dönekes
Jürgen Boebers-Süßmann
80 Seiten, zahlr. schw./w. Fotos
ISBN 978-3-8313-2190-2

Wartberg-Verlag GmbH
Im Wiesental 1   34281 Gudensberg
www.wartberg-verlag.de

Bücher für Deutschlands Städte und Regionen
Tel. 0 56 03 - 93 05 0
Fax. 0 56 03 - 93 05 28